Relicário

diamela
eltit

FORÇAS ESPECIAIS

tradução
JULIÁN FUKS

Sou uma Joana D'Arc eletrônica, atual.
Severo Sarduy

A Alfredo Castro
A Marina Arrate

O trabalho que eu tenho

Havia duas mil Webley-Green 455.
Havia mil e trezentas Baretta Target 90.

O burburinho me dá enjoo e me empurra para uma fome estranha, extensa. Sou uma criatura parasita de mim mesma. Sei que minha irmã lateja na nossa cama, incomodada, incerta. O corpo da minha irmã espera, não sei, lençóis, ou que eu mitigue seu sofrimento. Pede que seja eu quem consiga furar a sensação de pesar metálico que lhe provoca a ausência dos filhos. E suplica que eu lhe indique como se esquivar da compaixão que experimentamos diante da humilhação de que meu pai já não tenha seus filhos homens, os que tinha, os que povoavam o apartamento, os que viviam conosco, nossos irmãos verídicos, os que estão na cadeia, porque agora só sobramos ela e eu, que somos mulheres. Havia um rifle Taurus M62. Vou à lan house como mulher para procurar nas telas a minha comida. Todos se comem. Também me comem, abaixam a minha calcinha na frente da tela. Ou eu mesma abaixo a calcinha na lan house, e faço isso atravessada pelo resplendor magnético dos computadores. Em compensação, Omar ou Lucho só tiram a cueca, de um jeito mais fácil, mais limpo, mais saudável, quando têm a confortável certeza de que para eles nada vai ser destrutivo ou verdadeiramente irreparável. Pagamos trezentos pesos para ocupar o cubículo por meia hora. Eu abaixo a calcinha e deixo que enfiem o pau ou os dedos dentro de mim, até onde conseguirem. Nunca digo: tira esse pau, nem digo: tira esses dedos. Não faço isso porque estou concentrada no site russo de moda alternativa que me absorve tanto que os meus olhos passeiam pelo meu cérebro classificando as roupas de maneira hipnótica. Depois saio correndo da lan house e vou consumir tudo o que posso. Faço isso com uma avidez deliberada, com um estilo anêmico, possessivo, e, quando já passou um bom tempo, quando me sinto ventilada, aguda, volto e espero a soma de cada uma das minhas meias horas no cubículo oito. Olho a tela e, para me distrair, movo o mouse e avanço em direção às últimas tendências dos suntuosos casacos italianos. Me pagam mil ou até dois mil pesos por hora. Eu pago trezentos pesos a Lucho pelo cubículo. Sinto inveja de Omar porque é o melhor chupa-pica da lan house, muito famoso pela arte dos seus lábios e pela elegante e imperceptível rapidez. Omar é envolvente, duplo, dramático, ávido de modernidade. Se alguém ocupa o cubículo dele, o número nove, o que fica bem do lado do meu, ele fica furioso e ataca a lan house inteira. Recebe até cinco mil, é o que ele garante. Havia trinta e quatro mil Astra M1021. Mas eu não acredito em Omar porque é um farsante, presunçoso, técnico, esse é o selo do estilo dele, sempre ligado nos fones para se perder na música, mas pode ser que alguma vez tenham lhe pagado cinco mil. Eu recebo mil porque sou mulher. Com um grau incipiente de rancor e de eficácia eu abaixo a minha calcinha, abaixo enquanto penso na minha irmã que não se levantou hoje, ainda que esteja acordada. A mulher do apartamento vizinho já não se levanta. Caga ruidosamente na própria cama. Nossa vizinha está confusa pelo funcionamento intenso de sua portentosa imaginação. Lucho não instala um aquecedor no corredor para esquentar a lan house. Faz frio. Ontem chegou a gorda da Pepa entorpecida e nem me cumprimentou quando nos encontramos na porta. A gorda estava com os olhos vermelhos como se fosse um coelho, bem vermelhos, entrou verde de frio, envolta numa esteira sutil de neblina e pudor. Minha mãe está falando sozinha. Diz que ela e minha irmã valem a mesma coisa e que eu valho uma bituca de cigarro. Nada, diz minha mãe. Agora as duas estão doentes. Fico virando minha mãe e minha irmã de um lado para o outro como se fossem um churrasco, porque alguns dias, enquanto transcorre o rotineiro simulacro de tempo, elas tossem e vomitam e são exigentes e se negam a compensar as vigílias que me provocam. A lan house foi maravilhosa com toda a família, com a minha mãe, minha irmã e comigo, mas não com meu pai, com ele não, muito menos com os que já não estão conosco. A lan house é tudo para mim, milagrosa, gentil. Eu venero a neutralidade do computador, que me protege até dos meus próprios estalidos: o mouse, o som levíssimo do disco rígido, a tela completamente indescritível, e sua borda, um pouco maltratada, não me desanima porque seu prestígio salta aos borbotões no meio da luz trêmula. Uma luz que a gorda da Pepa nunca vai entender porque não sabe, não conhece, não aceita que sua vida já se manifestou e que é um desastre total. A gorda não pode sentir mais que lampejos profundos de ira pelo que consegue, umas moedas simples ou nenhuma, porque a gorda vai à lan house só para estar cercada por uma merecida paz tecnológica. Mas a gorda é a gorda e me assusta e me dá medo e me provoca um terror parcial porque minha mãe, minha irmã e eu somos parecidas demais com a gorda, mas nós ganhamos mais. Eu ganho mais. Havia três revólveres Bruni 8 mm. Ganho mais agora que minha mãe está doente e minha irmã também. Mas meu pai não, ele não. Não dá para comparar meu pai com Omar, curvado entre as luzes fracas do cubículo arrendado, sempre o mesmo, o número nove, Omar preso e debilitado por acessos esporádicos de tosse que o trabalho provoca. Atravessado pela rigidez parcial de seus lábios, pela dor constante de suas mandíbulas. Omar escorado atrás de um nove enorme, um número nove desproporcional e lento como um lagarto, um nove escrito com uma pena imensa de tinta preta, um traço arrepiante. Tosco o nove que o marca e o mantém ocupado o tempo inteiro. Omar meditando em seu cubículo chupa-pica. Omar espera porque precisa, disse assim a quem queria escutá-lo, mamar e mamar o tempo inteiro, chupar. Egoísta Omar, que não me ensina. Peço a ele que me explique, que me adestre, que me deixe assistir para entender o que ele faz com o encontro tumultuado entre a tela e a luz, como ele evita o conluio enquanto cumpre magistralmente sua função de chupa-pica. Pedi que me indicasse como ele sustenta sua concentração absorta, de que maneira administra os barulhos e os gritos que atravessam a lan house, mas Omar se fecha e passa a trava e fica colado na cadeira. Não sei o que fazer com Omar ou como cumprimentar a gorda, e de que modo tolerar Lucho que enche e enche e guarda os trezentos pesos que lhe passo, três moedas, e as introduz no caixa enquanto escreve a um colombiano, leio com os meus próprios olhos, conta ao colombiano que está em pleno crescimento, diz que vai viajar à Europa e escreve que perdeu um dente de leite, e eu não consigo ler mais porque Lucho enfim me olha e não me olha realmente, e me entrega um vale terrível e agressivo enquanto a gorda me empurra com suas unhas mal lixadas, ásperas, únicas. Mas agora tenho que ir para casa porque o tempo se voltou contra mim. Preciso chegar rápido no meu apartamento, correr para fechar a porta que está aberta e, pelo buraco infernal, deixar entrar manadas de gatos mortos de fome. Havia quinze mil gorros Wehrmacht. Tenho que tirar os gatos e depois me apressar em cuidar delas, tocar as duas e no roçar dos nossos dedos comprovar que elas não têm nada de febre. Faz trezentos dias que estão doentes por causa dos meninos e ainda não morrem porque são jovens e são sólidas. Mais jovens e muito mais sólidas que meu pai, que ainda não levanta da cama porque é frouxo demais, o desgraçado.

Os meninos

Agora os guardas vigiam os filhos da minha irmã como se fossem figuras de cristal talhadas por artesãos húngaros. Mais de um ano já desde que as imagens dos meninos ocuparam os jornais, os noticiários, e irromperam na rota crispada das redes. Apareceram tal como são, iguais a eles mesmos, consumidos pela borda opaca de uma extensa beleza. Misteriosos. Nem sãos nem doentes. Ao longo de algumas horas tumultuosas, realmente agressivas, os filhos da minha irmã alcançaram um protagonismo que só pôde resultar dramático porque o recorte tangencial de suas figuras desencadeou a paixão por redimir as penúrias da infância. O enquadramento ambíguo do rosto dos meninos, cercados pela polícia, provocou um massivo estrondo público que não arrefeceu por aproximadamente quarenta e oito horas. Esse tempo conseguiu fazer com que meu corpo se condensasse e, ao mesmo passo, se desagregasse em infinitos fragmentos de sensações, porque eles, os meninos, renasceram diante de mim. Os dois. Os mesmos que antes só faziam parte da paisagem repetida e exaustiva que define qualquer família. Mas depois que Omar me avisou, depois que Lucho me avisou, descobri os meninos na tela e corri para o apartamento, subi as escadas do bloco numa velocidade nova e me sentei estupefata na ponta de uma cadeira. Havia trezentas Winchester calibre 270. Quase afogada, com a respiração por um fio, presumivelmente asmática, pensei que enfim alguma coisa extraordinária tinha acontecido conosco. Um fato público que já não me obrigava a me perguntar sobre a veracidade da minha existência. Enquanto eu continuava sentada na cadeira, na sua exata ponta, notei que meu cérebro se expandia, incrementado por latejos agudos, e notei o tremor numa parte da minha mão direita. Eu achava assombroso que os filhos da minha irmã fossem capazes de produzir um clima de estupefação tão extenso. Pensei nos meninos que antes nos pertenciam e em como eles conseguiram se individualizar até alcançar uma notoriedade difícil e exclusiva devido à conduta da minha irmã. Percebi também que se precipitava sobre nós o hálito coletivo do horror e de um escândalo que, ainda que efêmero, se mostrava eloquente. Havia quinze mil e quinhentos rifles Taurus M62. Sentada na ponta da cadeira nada me parecia importante no mundo, a não ser os dois filhos da minha irmã e a realidade crescente de seus destinos publicizados. Os meninos existiam para uma parte do mundo e minha irmã também existia, e, por fim, ao longo de quarenta e oito horas a vida de todos nós adquiria um relevo merecido. Em meio a poderosas faíscas, as informações, detalhadas com uma crueldade deliberada, apagavam a nossa insignificância e as assimetrias. Foi minha irmã, o último fio de fraternidade que me restava, que nesse dia me convocou velozmente até aquele apartamento. Enquanto eu permanecia na ponta da cadeira, com uma crescente sensação de incredulidade, entendi que ela era um ser que estava cheio de energia, submersa na investida de um pensamento que a família nunca conseguiu deter. Mas o reconhecimento que a notícia suscitou em mim, além da comoção, depois de alguns minutos, me oprimiu. Pensei nos meninos, no radicalismo súbito que a família adquiria, nos matizes irreais da notícia, na reprovação aberta que minha irmã gerava. Fiquei irritada com a compreensão malévola de seu corpo. Pensei, sentada na ponta da cadeira, com os olhos avermelhados pelo impacto, que um raio eletrônico tinha nos partido porque as imagens dos meninos, circulando como antigos produtos sacrificiais numa fita infinita, portavam um novo futuro. Sentada na ponta mais incômoda da cadeira, fechei os olhos para tentar escapar daquelas quarenta e oito horas que transcorriam só para se precipitarem em cima dos meninos e da minha irmã. Quis pular aquelas horas e me esforcei para atrair os momentos mais cruciais e secretos do que tinha sido a nossa infância, mas não acudiam novas imagens que pudessem me distrair da monotonia daquele tempo. As cenas que chegavam eram insuficientes ou abertamente previsíveis. Situações básicas nas quais ela e eu fugíamos da angústia que nos provocava a superlotação dos muros, a vergonha diante da estupidez que nos caracterizava, os hábitos que não conseguíamos esconder e a quantidade de desejos não cumpridos. Ela e eu amontoadas no apartamento, praticamente asfixiadas. Risos bobos, golpes bobos, surras e uma maneira idêntica de enfrentar o cúmulo de verdades que íamos armazenando. Sentada na cadeira, pude entender que nada era importante de verdade, que não seria definitiva a queda pública e massiva dos meninos e muito menos a ação da minha irmã, porque eram simples acontecimentos que se uniriam a outros e outros até que acontecesse a morte dos meninos e a morte da minha irmã. Pensei que eu também ia morrer e as quarenta e oito horas de infâmia policial fariam parte de um episódio nada transcendente. Pensei na minha irmã devorando a si mesma pelas terríveis acusações que a privavam de seus dois filhos. Pensei também que nada era perturbador para minha irmã pois a resignação regia a totalidade dos nossos hábitos. Entendi que os meninos tinham que se preparar para obedecer a suas próprias naturezas e já estavam suficientemente adestrados. Havia trezentos e vinte e dois mil rifles Mossberg 802. Foi nesse momento que me levantei da cadeira e enfrentei o transcurso retorcido das quarenta e oito horas. Fiz isso com uma máscara conveniente porque minha irmã e eu temos uma infinidade de rodeios, não somos o que parecemos. Já passou mais de um ano e os meninos, que agora crescem longe da minha irmã, ainda têm a tarefa de se adaptar e melhorar. Nunca os outros nos reprovaram, ninguém rejeitaria minha irmã, e meu pai urde constantemente planos para salvá-la e consolá-la. Cedo ou tarde os meninos voltarão, como nós fizemos depois de entender os benefícios da trégua e do repouso. Os meninos estão retidos longe apenas por funestas presunções, por suspeitas sobre o comportamento da minha irmã que nunca foram comprovadas. Os meninos estão relegados ou regalados devido a um acúmulo de suposições que a inflamaram e que, já faz mais de um ano, a mantêm doente de um sem-fim de males indeterminados. Meses monótonos em que se encadeiam sucessivas doenças. Minha irmã de cama ou sentada nesta cadeira com leves melhoras que pouco ou nada ajudam a manter a integridade que precisamos certificar mensalmente na delegacia. Mas por enquanto não quero pensar nos meninos e em seus infames guardas, não quero enfrentar a situação do meu pai, sozinho, sem os filhos homens que ele tinha, meu pai asfixiado por sua família de mulheres que ele não consegue suportar. Havia cinco mil rifles CZ452. Não quero ouvir nunca mais a voz do meu pai, que me diz, levantando a cabeça do travesseiro: chega, até quando você vai ficar correndo feito louca de um lado para o outro. Não, hoje não quero pensar porque tenho que correr para esticar a minha irmã, que está doente, estilhaçada de dor, encolhida na cama como se fosse uma cadela velha. Havia quinze mil visores engomados.

Os nomes proibidos

Havia sete mil mísseis antiaéreos RIM-8 Talos.

Não devemos nomeá-los porque atraem sobre nós uma avalanche de desgraças. Cada vez que minha mãe desaba ou tem dor de dente ou se contorce de angústia, ela me diz: Pedro ou Leandro. Ou me diz: papai. Quando o faz, significa que entrarão as calamidades através dos buracos do apartamento. Por isso quando minha mãe me diz Pedro, Leandro ou papai, ela e eu nos olhamos aterrorizadas porque nos proibimos de mencionar seus nomes e, mesmo que eu saia do apartamento e não volte o dia todo, ainda que corra pelas ruas, arrende por uma hora o cubículo ou coma dois sanduíches na banca do manco Pancho, sei que a notícia de uma desgraça iminente ou de um crime doméstico ou de uma palpitação nervosa vai nos demolir. Havia dezesseis foguetes Davy Crockett. Eu me sento no banquinho esmaltado da banca do manco, e ficamos olhando juntos a gente que passa, sempre os mesmos, tão feios eles são, comenta o manco com relutância. Fala num tom desanimado porque, depois que Marisa se foi e levou a menina embora, ele não se importa com mais nada. O manco fala sem parar enquanto eu como o sanduíche, sem conseguir entender se as palavras dele me incomodam ou me aliviam. Penso que o manco está triste ou distraído, porque o sanduíche está com um gosto estranho, seco, um gosto sujo. O manco Pancho fala da menina, diz que Marisa a levou de noite, que aproveitou que ele estava dormindo, diz que ela viajou para o norte, que saiu do país, que passou de Arica a Tacna, que levou a menina, ele diz, que a pequena já estava aprendendo a abrir os olhos e olhar para ele como um pai, diz que era parecida com ele, que eram idênticos. Eu penso que o sanduíche está impossível de comer, péssimo sanduíche porque o manco não consegue mais, isso todos do bloco já sabemos, porque o conhecemos, o vigiamos, muito mais do que ele imagina. O manco Pancho já não é o mesmo. Marisa vivia em outro nível de consciência, como se estivesse voltando de uma repatriação europeia ou tivesse entrado numa seita, mas o manco a continuava obrigando a preparar os sanduíches quentes no forninho de pilha dele, o pão justo e necessário, empenhado em economizar carne e pão sem entender Marisa, que não suportava a pança que ele tinha, uma pança que não parava de crescer, mais pontuda, minuto a minuto. A mim Marisa contou que uma abelha tinha picado a cabeça dela, que outra tinha picado a sola do pé dela, disse que sonhou que se afogava numa vala, que caiu da cama, que o braço ficou formigando, que um dedo da mão ficou torto, disse que tinha nascido um pelo na testa dela, que uma grande picada coçava nas costas dela, que as calcinhas já não cabiam, que não queria ver o irmão dela nem pintado, disse que o manco lhe dava nojo, disse que a tia dela expulsou os dois de seu apartamento, disse que mudariam de bloco. Havia cinco projéteis nucleares de artilharia W19. Quando estava gorda, Marisa me fazia um preço especial para dois sanduíches. Depois que ela foi embora, o manco Pancho assumiu a função, se fez visível, parou de perambular entre os blocos, e acabaram os grandes descontos. Péssimos os sanduíches do manco. Mas tenho que deixar que as horas passem, preciso promover uma demora considerável para assim dilatar cada uma das penúrias. Tenho que permanecer sentada, guarnecida na banca do manco porque, se eu me levantar do banco, algo intangível poderia isolar o apartamento ou atacar os sentimentos da minha mãe, que deu nome a essa parte maldita da família. Essa parte que mantém meu pai mergulhado num turbilhão ambíguo de furor e desemprego. Prefiro comer este sanduíche que me repugna e escutar o manco Pancho enquanto ele me diz que tem certeza de que Marisa vai vender a menina em Arica, ou que vai vendê-la na fronteira com Mendoza, ou que vai trocá-la por algum benefício para ela mesma. Eu escuto e penso que talvez tenha razão, Marisa poderia vender a menina num rompante em algum lugar fronteiriço porque eu acompanho um grupo de um portal que comercializa meninas negociando com preços exatos, metódicos. Estão ali com suas técnicas de camuflagem, são bem intensos, agudos, audazes, aparecem e desaparecem das redes para desorientar os policiais do mundo que estão de cara grudada em suas telas. Policiais ociosos, doentes de imagens proibidas, reaquecidos pela censura. Eles, os policiais, nos seguem por toda parte, nos estudam porque fazemos parte de seu trabalho, eu sei. Sempre é preciso tomar cuidado com os policiais civis, por isso minha mãe fica tão em cima da minha irmã, do meu pai, dela mesma, de mim, porque tem medo de que a polícia, que serve para a metalização do mundo, nos quebre e nos dissolva como aquela parte da família que não devemos nomear. Minha mãe pensa, e eu penso igual a ela, que poderíamos nos desagregar até não fazer parte de mais nada no universo. Minha mãe implora para que deixemos de sofrer pela ferocidade que temos. O segundo sanduíche vai obstruir os meus intestinos, vai me mandar para a urgência. Havia cem mil bombas de nêutrons U-238. Mas eu não vou voltar para o apartamento porque com certeza minha irmã já teve outro de seus ataques. Prefiro escutar o manco Pancho e seu teatro sobre uma menina quase desconhecida para ele. Ouvir o manco que, na verdade, está aliviado com a ausência de Marisa, uma fuga que o libertou de uma presença tediosa, doméstica. Mas foi esse abandono o que acabou por afetá-lo pois o condenou aos sanduíches. Sentados no banco, vemos mulheres e homens passando para os seus apartamentos, iguais, como diz o manco, iguais, como dizem minha mãe e minha irmã. Qualquer coisa menos voltar ao apartamento, escutar o manco até a minha morte antes de entrar correndo no quarto para ver se meu pai ainda está vivo ou se conseguiu se safar com suas antigas pendências. Ficar com o manco todo o tempo necessário, sentados no banco, inchada até as orelhas pelos sanduíches. Sentada junto ao manco para não voltar a ver a minha mãe num estado verdadeiramente crepuscular porque a família está foragida, ou ferida pela polícia, ou morta, ou gemendo na cadeia. Ou então escutar os rugidos da dor materna, iguais aos do animal de um circo vienense, aquele magnífico leão que vi no melhor site de animais, o mesmo rugido estereofônico vienense que eu escuto em algum lugar da minha cabeça, enquanto o manco me diz que Marisa vendeu a menina a uma quadrilha brasileira. Mas sei que chegou a hora, a minha, minha hora, entendo que tenho que me levantar do banco, limpar os lábios com o dorso da mão, correr até o meu bloco, subir as escadas para chegar ao meu apartamento porque minha mãe uiva pedindo que eu vá, que eu chegue, que proteja o meu pai, que está estropiado pelo ódio e pela perseguição dos policiais. Esse pai que eu tenho e que, quando eu entrar no apartamento, me dirá com voz desgastada, atravessado por um matiz de desordem e confusão: e você, o que estava fazendo na rua, não percebe que temos fome? Havia duzentas e trinta bombas W71. Ou não percebe que estamos esperando que você faça a comida? Havia mil bombas W79. Ou por acaso não entende que sua mãe está doente, tremendo, mais perdida do que nunca?

O cabelo da minha irmã

Como me compadecer dela ou como ajudá-la, penso, mas me distraio num dos meus sites preferidos, que está começando uma nova coleção de sapatos manufaturados com a pele de uma serpente que habita o norte da Argentina, a jiboia-constritora. Esses modelos, os mais elegantes que eu já vi, tomaram de assalto as superlativas vitrines francesas. Os sapatos têm uma audácia que eu jamais teria imaginado porque a jiboia é um réptil desvalorizado que circula sorrateiro pela devastação dos bairros. Havia trinta e oito mil martelos de lucerna. Uma serpente trágica que antes só tinha sido comercializada para servir a um turismo de baixo orçamento. Lembro que, há alguns meses, visitei um site que mostrava as bolsas fabricadas com pele de jiboia-constritora, umas sacolas baratas vendidas pelas ruas argentinas. As bolsas, abertamente comuns e com acabamento pouco nobre, foram denunciadas por ativistas finlandeses que zelavam pela preservação mundial dos répteis. Desolados, ou com matizes de uma ira incontida, os ativistas mostraram como multidões de bolsas ficavam penduradas nas feiras, e, através de seus gestos de indignação, pude comprovar até que ponto as peças eram carentes de interesse. Em compensação, as mesmas jiboias convertidas nos sapatos que ornavam as vitrines francesas hoje geram euforia entre os especialistas, pois outorgam ao réptil um nível de grandeza que não teria sido possível prever. Os modelos rompem seus próprios limites mediante o uso de saltos avantajados com uma retorcida circularidade que, apesar de sua forma, oferecem um passo estável ao tornozelo, à coluna, à cabeça, à direção confiável dos olhos. A vitrine exibe sua impecável cenografia mediante a ordenação dos sapatos simulando o traçado de um réptil voluptuoso. Assim conseguem comercializar a languidez do sonho, do ócio e do cansaço. A extensão do réptil formada pela disposição laboriosa e inteligente dos sapatos desliza por telas que imitam os contornos de uma paisagem desértica. A insensatez da jiboia percorre o meu cérebro e se refugia sabiamente no meu lóbulo frontal, adiando assim o risco da picada e do veneno. Havia oitocentos e quarenta e cinco cassetetes de chumbo. Enquanto saio da lan house e sigo até o meu bloco, penso na minha irmã e só me invade a imagem de seu cabelo preto, grosso e surpreendente. Um opressivo cabelo preto que não parece emoldurar seu rosto, e sim desdobrar os matizes de sua própria fortaleza. Porque era seu cabelo o que gerava as piores perturbações entre minha mãe e minha irmã. Havia quatro mil dardos. O pente que se interpunha entre ambas detonava um inferno entre as nossas quatro paredes. As quatro paredes atravessadas pelo pente afiado, os gritos da minha irmã açoitando a cabeça contra as exatas quatro paredes. Com a testa rachada pelos golpes enquanto minha mãe investia contra aquele cabelo ajudada pelo sangue que estava ali para umedecer e reafirmar o rígido penteado que minha irmã não suportava porque queria o cabelo solto, muito preto e solto para escamotear sua cara de espelho ou escapar da violência dos olhares. Um cabelo que minha mãe, a nossa, nunca conseguiu suportar nem entender, porque ela, nossa mãe, não teve a oportunidade de pensar o rosto como um dos problemas mais agudos que minha irmã se recusava a enfrentar. Os golpes, seu cabelo endurecido pela densidade do sangue, a rua, o silêncio entre nós, o desgosto que eu provocava em ambas quando me convertia numa testemunha desapaixonada. Minha mãe, a nossa, cansada ou eufórica, passava ao seu último plano de redenção depois de suportar a filha e o estado crítico de seu cabelo. Cansada, nossa mãe, porque a testa trincada da minha irmã a enchia de ira pelas cicatrizes que tinha acumulado. Minha irmã e seu hábito de bater a testa, de bater em si mesma, empezinhada como um animal sedento, e então o cabelo da minha irmã, estranho, autônomo, se eriçava e dava direto com as paredes. Mais adiante, muito mais adiante, depois de terem engolido a ira, minha mãe e minha irmã se fundiam num abraço tão estilizado e cativante que eu não conseguia me conter de tirar fotos com meu celular. Focava num plano médio as duas abraçadas. Porque elas são assim, afetuosas, atraentes, encapsuladas, parecidas. Mas é uma semelhança imaterial que vai muito além da simples coincidência orgânica, porque ambas não têm nada em comum, é como se proviessem de outra genética. Eu fotografava o abraço que selava o amor desesperado que sentiam, ou a testa da minha irmã contra a parede, ou simplesmente a registrava cobrindo o rosto na frente do espelho. Havia trinta e oito mil espadas falcatas. Minha irmã, sangrando, abraçada à minha mãe, pálidas as duas porque elas sempre se amaram com um tipo de paixão arrepiante. Depois eu ia embora porque, quando elas descobriam o enquadramento do celular, se voltavam contra mim de uma maneira que me aterrorizava. Minha mãe então me odiava, mas minha irmã não, ela odiava as fotos, odiava o espelho e odiava a composição dos rostos. Mas agora minha irmã carece de horizonte, não apoia os planos da minha mãe e os meus, nossa necessidade urgente de urdir ganhos para incrementar a nós mesmas e recuperar os meninos, ganhos que nos empurram a um estado perigoso de êxtase, porque a simples e tortuosa compra de um bilhete de loteria numa das vendas do bloco desata em nós a certeza de que a sorte nos pertence. Ou bem a possibilidade de que minha mãe venda uns vasos comuns na feira descompensa o nosso ânimo e faz com que fiquemos gritonas, é o que diz a minha irmã. Minha irmã insiste, de maneira malévola ou invejosa, que o bilhete e os vasos são um verdadeiro desastre e que ainda nos mantemos de pé como família graças a um montão de artimanhas perigosas que vão acabar por nos destruir quando a polícia nos invadir. Depois fica calada só olhando fixamente a parede, enquanto lembro as imagens dos policiais que guardo no celular, e são essas imagens que permitem lembrar que a minha irmã tem razão a maior parte do tempo. E penso que o celular que tinha antes, o meu, testemunhava que o desejo de correção da minha mãe só prejudicava a testa da minha irmã, porque nada ia ser possível, e isso demonstra hoje o resultado infame do bilhete da loteria ou o vaso esquálido que nos obriga a escutar as ironias da minha irmã. Sua gozação pela loteria e seu desprezo pelos vasos nos desarmam. Ela nos empurra, a minha mãe e a mim, a odiar o jogo e renegar os vasos. Nos obriga a aprofundar o perigo. E para não escutar suas risadas depois do fracasso inclemente, fechamos os olhos e assim não presenciamos o descalabro definitivo da família que espera para nos devorar a qualquer minuto. Mas, hoje, agora mesmo, ainda fico de joelhos tortos quando me lembro do sangue na parede, do abraço interminável, do choro operístico da minha irmã. Ainda estou nervosa pela testa, pelo cabelo, pela saúde da minha irmã. Inquieta. Inquieta.

Por isso, quando estamos no apartamento, a cada pouco tempo olho para ela e pergunto: o que você está fazendo?

Havia oitocentas pistolas Luger P08.

Os problemas da família

Havia oitenta Steyr Werke M29, 7.92 mm.

Sei que somos uma família porque meço suas respirações que, com concentrada sincronia, acompanham as batidas do meu coração. Tenho certeza de que estamos vivos porque o uivo das viaturas nos obriga a cobrir a cabeça com travesseiros. Havia cem Gewehr 98, 7.9 mm. Temos mais vida ainda porque os carros policiais não pararam hoje na frente do nosso bloco. E porque estamos fora do xadrez é que eu levanto, visto meu gorro preto e, antes de sair, peço que continuem dormindo, descansem, melhorem. Devo ir à lan house cumprir minha obrigação, baixar a calcinha, revisar alguns sites, mas antes conto de novo um por um. Sobramos quatro: meu pai, minha mãe, minha irmã e eu. Conto e volto a contar para ter certeza de que continuam ali, para me convencer de que aqueles corpos são deles e eu também continuo intacta. Enquanto reviso minha soma escassa, mas minuciosa, sei que hoje eles não vão ser detectados pelas antenas das viaturas e me convenço de que os PMs não os empurrarão para enfiá-los na viatura porque meu pai, minha mãe e minha irmã estarão em suas camas, divagando entre não sei quais imagens devido à névoa que lhes provoca a preguiça. Quero contá-los para saber como funcionam os números em seus corpos e de que maneira posso sair deixando o terror dentro das paredes do apartamento. Ir embora com a certeza de que estarão lá quando eu voltar. Caminhar até a lan house com a segurança de que ficarão na cama, ou que depois de um esforço terrível e material sentarão numa das cadeiras, meio desfalecentes ou meio sonados, exaustos, mas convictos de que nos pertencemos. Havia cinquenta Mauser G41, 792 mm. E ainda posso me deslocar sem restrições. Ainda posso transitar pelas ruas para resolver cada uma das necessidades e solucionar os obstáculos que nos aparecem. Obstáculos e necessidades. Tantos inconvenientes que eles cansam mais ainda quando tento enumerá-los. Somos quatro. Um número ainda possível. Somamos uma quantidade que faz sentido e nos permite mostrar que existe em nós um frágil orgulho familiar. Com esse mesmo fio de orgulho digo à gorda da Pepa na porta da lan house: minha mãe está muito bem. E continuo, com uma indiferença simulada: minha irmã perguntou de você. Ou me refiro ao meu pai e suas antigas habilidades. A gorda se compadece de mim e não diz o que pensa das minhas palavras, não pergunta sobre os que faltam, não fala da vigilância incessante dos policiais civis sobre nós porque os odeia tanto quanto eu. A gorda me olha com atenção e depois fica brava consigo mesma por me escutar. A compaixão que a envolve a faz lembrar que ela odeia se relacionar comigo e com o mundo. Ela se arrepende pela súbita intimidade que me permite e corta as minhas palavras a ponto de me dar as costas e me deixar falando sozinha. Eu não me incomodo muito porque falar da minha família me reconforta, me dá a força necessária para entrar na lan house e submergir naquele espaço que me devora. Pago a meia hora estipulada e um fragmento de desajuste impede que eu me separe da última imagem da minha irmã enquanto movo o mouse para abrir um dos sites mais conflitivos que eu visito. As imagens são absurdas, incríveis. Mas prefiro pensar na minha irmã, no desânimo do último ano, mas outro lugar da minha mente é ocupado pela gorda da Pepa, que percorre de uma esquina à outra a quadra da lan house, alheia com suas mechas de cabelo mal tingido, seu vestido anormal, defeituoso, um vestido que a afunda numa das piores apresentações que alguém poderia imaginar. A gorda da Pepa está decaída, como todo o bloco. Reconheço nela a mesma esteira de desesperança que percebo quando subo as escadas e escuto os gritos ou os choros ou me deixo envolver por um silêncio suspeito, um silêncio curioso que dirige os meus passos até o quarto andar, enquanto a gorda fica no terceiro, seu andar, no mesmo bloco que emoldurou toda a nossa vida. A gorda não se despede nem me olha. Não quer fazer isso para não começar uma conversa que a obrigaria a desatar suas emoções: a chorar ou gritar ou maldizer ou fazer um escândalo no último degrau da escada. Havia vinte mil Gustloff Werke Waffenwerke. Caminhamos juntas na saída da lan house, caminhamos igual a antes: a gorda, minha irmã e eu, cansadas ou vitais, até chegar ao nosso bloco, uma do lado da outra, risonhas ou loquazes. Mas assim era antes, agora subimos as escadas sem falar uma com a outra porque a gorda não quer trocar palavras com ninguém desde que ficou sozinha, sem família, entregue à escada do terceiro andar, enfrentando uma porta anônima que a gorda abre com a única chave que tem, uma chave que ela sempre leva na mão, apertada entre os dedos. A chave que ela não abandona jamais, a não ser quando a introduz na fechadura e abre a porta e seu corpo se perde atrás da difícil passagem até que ela se fecha com um barulho poderoso.

Porque a gorda dá uma portada com toda a força ou a raiva que tem, e eu continuo a minha subida até o quarto olhando fixamente os degraus para não cumprimentar ninguém, para não parar nem dar explicações e muito menos escutar palavras risonhas ou maliciosas ou irônicas. Essas palavras que estão ali, solapadas entre as letras já ilegíveis encravadas nas portas de cada apartamento. Sei que os corpos que vão restando depois de cada uma das operações policiais nos espiam atrás dos plásticos. Conheço esses olhos maquinais, encobertos, fugidios, os mesmos olhos que contam as patrulhas enquanto os meninos riem aos gritos com as sirenes. Riem de uma forma doentia, crônica, bronquial. Riem invadidos por um processo febril, agarrados às grades das escadas, com os dentes amarelos, sujos, celebrando as corridas velozes dos policiais entre os blocos de um lado para o outro, rápidos, felinos, repletos de presas mentais, derrubando portas do primeiro, do segundo e até do quarto andar. Desta vez não acontece no nosso bloco. Não derrubam as nossas portas com coronhadas nem batem em nós. Não. Estão invadindo o bloco que fica bem na frente do nosso, e um feirante, que não reconheço, grita para nós que acabam de destruir um dos cantos mais conhecidos do povoado vizinho. Por isso os policiais estão enfurecidos, porque não mataram ninguém hoje e expressam seu ódio com palavras defeituosas, enquanto os meninos mais febris do nosso bloco comemoram os golpes com suas gargalhadas desafinadas e afirmam que querem ser policiais enquanto descrevem a borda dos capacetes e elogiam as botas, as fivelas, a fortaleza plástica dos escudos, e abraçam o cimento de má qualidade, um cimento perfurado por dentro, o mesmo cimento que os meninos da minha irmã abraçavam para olhar das escadas a paisagem que o bloco lhes permitia. Havia quinhentos Mannlicher, 6.5 mm. A mesma paisagem que tão bem conhecemos eu e a gorda da Pepa. Uma paisagem agora apagada pelas imagens desenfreadas do portal porque já é hora de esquecer das escadas e dos problemas que a família tem. Tenho que me esquecer do bloco, dos meninos, dos dentes, dos capacetes. Tenho que me esquecer de mim mesma para me entregar de corpo e alma à transparência que a tela irradia.

Os gritos nas ruas

Havia trezentas bombas W70.

Não suporto a pressão que esta noite me provoca. Quero sair do apartamento, mas não posso porque os gritos de fora anunciam a tempestade dos sábados. Ouço risos e balas. Risos, lágrimas e balas. Escuto lamentos, risos, música. Escuto risos e música e balas. Gritos. A polícia se retirou. Descansa aos sábados e abandona os blocos. Permite que a cada sábado se expressem a música, os risos, as balas e os gritos. Escuto lágrimas. Queria sair e percorrer as balas e os gritos. Sair para a música e dançar tropicalmente pela rua enquanto desvio das balas. Desejo que meu riso atravesse o bloco para distribuir de forma mais justa esta insônia que me leva a lembrar a dança do site brasileiro que celebrava a música e as lágrimas impressas nos movimentos dos antigos escravos. Os mesmos escravos que viajaram de barco, possivelmente acorrentados. Isso garantiram, com uma imperdoável rigidez diante das câmaras, os numerosos especialistas que definiam as rotas. Uma viagem escrava que, segundo as testemunhas, havia trazido a música que se espalhou junto com as epidemias pelo novo mundo. Os bailes empurram os blocos para o frenesi, e, devido ao movimento tormentoso daqueles antigos barcos, agora somos escravos da música e da dança, das balas e do riso no meio da paisagem de blocos que não estremecem como deveriam porque eles, os blocos, poderiam dançar e chorar derramando seus copos d'água perfurados pelas balas e pela música. Os blocos, dedicados a aspirar, deveriam amplificar a música cocaleira do amanhecer misturada com uma série ordenada de seringas brilhantes de álcool e de lágrimas até alcançar o êxtase mítico dos obscuros castelos japoneses e seus traços exatos e progressivos. Aqueles castelos renovados por uma animação ousada e cruel que projeta sobre os blocos as ameias mais sólidas para se defender da polícia, do ataque da polícia e de suas sirenes irritantes. Havia três mil Murata 8 mm. Quero dançar ritualmente nas tardes crepusculares. Dançar para a polícia em cima do copo d'água com uma seringa segurando meu cabelo enquanto mexo músculos, ossos e gordura na parte mais alta do copo iluminado por uma lua tóxica. Dançar, enquanto eles tentam me caçar com suas balas de borracha ou com as balas mais verídicas. Mas nada pode me destruir porque danço como os deuses ou xingo como os deuses, como Omar diz, ou me movo delicadamente enquanto a seringa que segura o meu cabelo reluz como um laser que testa na minha cabeça sua mais recente tecnologia de produção chinesa. Uma seringa que reforça minha não combustão diante das balas ou a fortaleza do meu crânio na frente dos porretes, bem quando eu danço de maneira sagrada contra a polícia, protegida na curva mais injusta do copo d'água. Mas hoje não, hoje não posso. Havia dois mil e quinhentos Arisaka 30, 8 mm. Agora escuto o volume da música que sobe junto com os risos e as lágrimas dos sábados, e durante umas horas a polícia desaparece, deixando os blocos órfãos do alarido das sirenes. Nesse tempo ninguém fecha os olhos nos blocos porque não sabemos mais como viver ou como dormir sem a ira da polícia e sem a acústica destrutiva das sirenes. Queria ligar para Omar ou Lucho, mas não tenho sequer um peso no celular, não tenho um peso em nenhuma curva do meu corpo, não tenho um peso nas dobras da minha mochila, nem um peso no oco da parede do apartamento. De maneira súbita e imperiosa, preciso pedir a Omar que me espere para perfurarmos juntos a noite, porque ele não dorme aos sábados. Não dorme e se entrega à sua calçada, que fica na rua mais distante e mais nociva. Quero ir diretamente a essa rua, preparada para enfrentar a esquina e os insultos diante da falha imperdoável da polícia, que não acode a nos matar ou a nos ferir aos sábados e quebra a rotina da semana, nos impedindo de dançar ao ritmo tecno ou ultra hop de suas balas. Balas mais sinfônicas e mais autênticas que as nossas. Mas sei que Omar está decidido a dar uma nova vida à esquina. Me convida, me impele e me convoca, grita comigo, porque ainda existe uma música para nós, pois os dois somos viciados no ritmo mais popular e mais rotundo: a fusão-bloco que desce pelas escadas e retoca cada um dos degraus. Havia cinco mil Webley&Scott 455. Alguns sábados obedeço a Omar e vou. Faço isso quando a noite tem muito mais que seis patas, e então o procuro e caminho pelas ruas dos blocos. Vou me deslocando erguida, desafiando minha coluna. Caminho impelida pelo movimento versátil dos meus braços, com um dos dedos enroscado no gargalo da garrafa de pisco. Seguro a garrafa com o dedo para chegar rápido à esquina onde mora Omar e pisquear com ele olhando para cima, acompanhando com o olhar a posição do gargalo da garrafa nos lábios. Um foco que nos vaticina uma prosperidade sem precedentes. Nos diz que vamos para cima, para cima, enquanto as balas dos blocos disparam umas contra as outras. Uma bala contra outra marcando a inimizade dos copos d'água, o rancor enroscado nos degraus das escadas, deixando uma esteira de fúria enferrujada, mas necessária. Balas bastante comuns enquanto Omar e eu mexemos os pés ao ritmo da música pisco que escapa pela garrafa estilizada. Mexemos os pés sentados no meio-fio, olhando os apartamentos enjaulados pela árdua geometria de seus metais. Havia cento e vinte Tokarev 762 mm. Juntos valorizamos a utilidade dos ferros no bloco de sua esquina totalmente gradeada para conter o avanço dos policiais frouxos que não nos ferem e muito menos nos matam aos sábados, mas que durante seu estrito horário de trabalho já estilhaçaram todas as janelas com suas coronhadas. Agora os furos oferecem um novo entretenimento aos meninos que se debruçam nos vãos das janelas e agarram as grades, as suas, agarram para chorar bloco afora porque precisam se expressar e proclamar a infantilidade de seus pulmões. Suas lágrimas parecem muito mais sutis e comoventes atrás das grades. Eu queria compor uma música fusão, pegando o pranto dos meninos e acrescentando um impecável arranjo musical na sala de som que Vladi tem em seu apartamento. Trabalhar musicalmente com Omar para impor o meu estilo, o do choro dos meninos, as barras e o som audaz das balas. Eu entendo a música. Quero chegar com Omar a uma música nova, uma escravidão nova que encha a noite dos copos d'água até que eu consiga dançar de um jeito decidido e possa me arrancar dessa noite e dos gritos que nos desvendam ao longo de todas as janelas estilhaçadas pelos cabos das metralhadoras. Fugir das balas, da música, e que nos deixem, aos quatro que somos, aos quatro que sobramos na família, dormir tranquilos. Dormir sem sobressaltos depois de tolerar os dias intermináveis de uma semana em que não paramos de padecer.

Havia dois mil Beeman 4.5 mm.

As coisas como são

Não tenho nem um peso. As paredes do apartamento estão ligeiramente curvadas pela chuva má que nos inundou no mês passado. Se o bloco vier abaixo, vamos virar baratas aninhadas debaixo das nossas próprias carapaças. Porque depois do bloco não existe nada, nada mais do que a polícia nos levando em suas viaturas num ir e vir monótono que já consome toda a nossa vida. Ou os carros da Civil com suas sirenes que impregnam os nossos ouvidos e nos obrigam a nos comportar como brinquedos tecnológicos distorcidos. Assim, ressoando como sirenes, nos transformamos em sons desmedidos que gritam diante de uma detenção iminente. Os porretes já destruíram as costas de Omar, agora feias, maltratadas, debilitadas. Os porretes também machucaram a cabeça dura de Lucho, que não consegue fazer as contas na lan house porque confunde os tempos e não é capaz de distinguir meia hora de quinze minutos. E como suas contas não passam pela revisão diária, já vão mandá-lo embora, já vão mandá-lo embora. Já o teriam mandado embora se não fosse pela minha ajuda. Eu adultero os minutos e as horas para ele, e por esse serviço ele dá um tempo grátis para a minha calcinha. Pouco tempo. Mas é um pacto que temos, porque Lucho depois da porretada caiu numa confusão fina. Uma linha extenuante de erros pequenos e sutis que irritam os que chegam para se entregar ou se desatar nos cubículos. Havia duas mil e trezentas carabinas semiautomáticas Marlin 795.22 LR. Lucho os segura no caixa com perguntas incorretas e os esgota de si mesmos. Conta seu último sonho, o pior de todos, até que Omar sai do seu cubículo, o nove, para dar uma bronca nele e xingá-lo de bocudo. Eu não. Porque preciso de Lucho pelos minutos que ele me dá. Penso nas porretadas e em quanto me favoreceriam. Imagino como os porretes da Polícia Civil poderiam custear parte da minha vida. Minutos e horas mais que suficientes porque agora mesmo não tenho um peso, mas não saio, não, pois se o apartamento molhado desaba não sei o que poderíamos fazer, quem os resgataria. O que faria eu se o bloco despencasse com toda a minha família dentro enquanto estou na lan house? Mortos ou gravemente feridos, terminais. E depois, quando devolvessem os filhos da minha irmã, quando enfim aparecessem de novo os meninos, o que eu faria com eles? Como poderia me encarregar? Ou talvez nunca os devolvessem porque são moleques-bloco e viraria um caos. Eu me devo à família que me resta. Eu me devo também aos que não podemos nomear. Entendo o que o bloco inteiro vivencia e cala. Conheço o que temos guardado atrás das grades. Sei como escapar da investida profissional dos PMs e das mordidas dos cachorros com suas babas costumeiras. Havia quatro mil e duzentas pistolas Kjw Sauer P226 Full Metal. Já não fico alterada com o desaparecimento dos lençóis pendurados nos vãos das janelas pois finalmente não podemos lavar já que tiraram nossos medidores de água, mas vão voltar a pôr, amanhã ou na próxima semana teremos de volta o medidor que nos pertence até certo ponto, até certo ponto. Voltaremos a ter água e por isso, com minha mente entregue ao excesso de líquidos, agora penso que a curva das paredes molhadas não é determinante nem definitiva. Amanheci sobressaltada porque preciso de dinheiro para mim, dinheiro para eles, e justo agora, que não tenho nem um peso, vejo-os abrindo os olhos. Os três abrem e fecham os olhos com uma perfeição extraordinária. Como sair do apartamento, eu me pergunto, como fazer isso sem semear a desconfiança ou o terror. Meu pai se mantém acordado por obrigação a cada noite. Como um diligente guarda noturno, dá voltas e mais voltas em sua cama enquanto espera a polícia ou evita sonhar com a porretada, a que deram nele e acabou com suas costas. Duas costelas do lado direito. Daquele dia em diante ficou meio torto o meu pai, desnivelado, porque estava na rua, caminhando por um dos blocos mais distantes, parado do lado de fora quando os PMs chegaram distribuindo porretadas justo no dia que acabavam de receber o pagamento. Chegaram correndo com suas botonas estatais, entregues às porretadas que nos deviam pelo rancor que sentem por seus salários. Com o porrete no alto demonstravam a legitimidade do dinheiro que ganhavam, e demonstravam de maneira simultânea sua ira pelos salários baixos. Havia quarenta e três pistolas Airsoft ASG CZ 75d Compact 6 mm. Os PMs se entregaram às porretadas porque lhes tinha sido prometida uma pequena gratificação se fossem bem-sucedidos nos golpes. Os generais e os delegados combinaram um pagamento mais intensificado, fizeram isso justo no dia em que meu pai estava nas coisas dele, nesse mesmo dia ofereceram aos policiais um pagamento extra, um salário mais vultoso. Meu pai ficou sem respiração, não sei se as costas dele não se encravaram no pulmão. Tenho que procurar em algum dos sites de ossos para entender como as costas reagem à porretada ou em que lugar ficou incrustada a fratura. Mas ele ficou sem respiração, foi assim, foi assim, enquanto Lucho, que estava abrindo a lan house, caiu na porta como um mártir, derrubado com as chaves na mão. Aturdido, Lucho, apagado pela porretada que quebrou sua cabeça de um jeito estranho, e agora ele ostenta uma canaleta ou uma sarjeta no meio do crânio porque a ferida afundou para dentro como as costas do meu pai, para dentro. Um dia funesto, um dia de pagamento ruim, o dia exato em que a esperança da gratificação deixou os PMs loucos de alegria e de ódio. Havia mil revólveres Taurus 85 Ultra Lite. Sei que meu pai pensa em suas costas, ressentido pela fratura porque não gosta de seu corpo atual, não, e o porrete o acertou em seu trajeto mais fortuito e agora ele não sai para a rua do mesmo jeito porque suas costas se abriram num nível que parecia impossível. No apartamento que temos, com suas paredes aguadas, meu pai se defende do medo porque nós não sabemos que dia os policiais são pagos e muito menos quanto recebem. Não sabemos, porque é preciso somar os subornos que recebem, porque eles também cobram os blocos pelos maus-tratos. Os PMs e os policiais civis juntam assim uma gratificação completa. Mas isso acontece em todos os cantos da Terra, como proclamam os portais e como aparece no último jogo coreano que arrasa nas redes, em que os policiais militares e civis do mundo se atacam com tudo pelas minúcias que recolhem dos saldos nos blocos, nas vilas, nos conjuntos habitacionais e na aglomeração das favelas. Com seus lucros, policiais militares e civis gastam seus extras nas máquinas comedoras de moedas, mas não todos, não todos. Minha irmã continua brava comigo, magoada. Diz que estou me transformando em algo ou alguém que ela não conhece. Diz que tenho outro nariz, que eu espirro de um jeito diferente. Diz que fico menos resfriada e respiro mais fundo que os outros. Garante que se assusta e perde o sono com o meu nariz, que não dorme pensando naquilo em que me tornei e se pergunta se por acaso eu tenho meus próprios planos. Havia sete mil e trezentos revólveres Ruger LCR canhão de 1,875 polegadas. Minha mãe olha para ela com uma clara devoção, pelo amor que ela sente e que a esgota. Quer convencê-la de que tudo está em ordem, mas em parte acompanha a minha irmã, me olha numa das órbitas possíveis de seus olhos como se não me conhecesse, como se eu já não estivesse com eles. Ela me observa, a minha própria mãe, com um matiz de ofensa ou de desgosto porque ainda não tenho as costas quebradas ou o crânio afundado. Ela me olha com desconfiança, minha mãe, porque ainda não levei uma porretada, e diz que não sabe o que eu penso nas profundezas do meu nariz. O que eu penso dos policiais militares e civis. Diz que não sabe o que eu penso das viaturas e das presas fosforescentes dos cachorros.

A obsessão pelas escadas

A potência dos latidos dos cachorros me acorda com um medo terrível de que os civis ou os PMs entrem na lan house e me enfiem na viatura junto com Lucho e Omar. Que me toquem, me violem, que me matem dentro da viatura ou de um tanque e me coloquem no lixo ou me deixem jogada, transformada numa inválida numa das ruas dos blocos. E, se sobreviver, que eu já não saiba reconhecer o caminho, a escada, os vãos, a porta do apartamento. Havia trezentos rifles Stoeger Double Defense 20-GA 3. É uma sensação destrutiva, opressiva, que me inunda. Ou que me perguntem, qual é seu nome?, qual é seu nome?, e eu não consiga responder pela invasão de um amplo branco cerebral que dobre a minha língua num espasmo por um pânico incontrolável. Medo que minha própria língua tampe a minha garganta e provoque em mim uma asfixia macabra. Qual é seu nome? Que me perguntem com uma espantosa voz policialesca justo num instante culminante do bloco e de seu cimento mal misturado. Um cimento delator que me entregue ao policial civil ou ao PM. Ou que os grupos de combate voltem ao bloco, o dinamitem numa nuvem de poeira técnica, o destruam justo quando eu estiver subindo a escada e caia como uma vítima anônima do quarto andar em direção a parte alguma e nem sequer conste no memorial futuro ou no jubiloso prontuário policial. E então, no quarto andar destruído, seja selada a última intranscendência que me arraste e me consuma. Faz dois dias que estou com medo. Dois dias totalmente improdutivos. Lentos. Dois dias em que minha pele se revirou. Já não sinto minha pele e não consigo roçar em ninguém. Havia cinquenta e cinco pistolas Baikal IZH-71H 380. Meu pai saiu do apartamento hoje mesmo, faz um tempo. Saiu apesar do assombro que provocou em nós três, que ele se vestisse de maneira sensata com o pouco que lhe resta e que não se queixasse de nenhuma dor, que deixasse a porta aberta, caminhasse com seus próprios pés e começasse a descer a escada com as mãos firmes no horrível corrimão. Até mais, ele disse. Nós nos olhamos e paramos de nos olhar de imediato, presas num sentimento confuso em que primava a incredulidade diante de seu renascimento e uma inesperada vergonha por suas palavras e pelo ato insensível de não fechar a porta e nos deixar expostas na grade com sua quadriculada jaula exterior. Havia cento e vinte pistolas Glock 28 380 10+1 tiros, canhão de 3.4. Ele desceu a escada. Minha mãe abraçou minha irmã e, tocadas pelo mesmo impulso, elas tentaram chorar juntas. Eu, em compensação, saquei meu celular para conseguir guardar a última imagem do meu pai. Queria postar essa imagem nas redes e mostrar sua figura enxuta, mas consistente. Desejava enterrar sua saída no cemitério visual das redes. Minha intenção era reter o meu pai, capturá-lo no meu celular, mas ao mesmo tempo não podia desatender a cena entre minha mãe e minha irmã. Depois do tempo de que precisávamos para processar um pesadelo exagerado, produziu-se uma mudança. Ele tinha que sair pelos assuntos dele, disse minha mãe à minha irmã, pelos assuntos dele que tanto conhecemos. As três suspiramos juntas, de maneira sinfônica. Havia setenta e três pistolas ISSC M.22 LR. Ele vai e volta, disse minha mãe. Apesar de suas palavras, as dúvidas nos deram fome. Alguma coisa nos movimentos do meu pai, em seu jeito casual de descer a escada, me parecia agressivo. Sabíamos aonde ele ia, mas isso aumentava a incerteza feroz provocada pela espera. As três nos precipitamos até a mesa, e minha mãe distribuiu o pão que nunca nos faltava. Tínhamos a mesma fome, angústia idêntica diante dos pães. Comemos com pressa, e nossa fome se consumou no pão, enquanto minha mãe nos dizia com a boca cheia de migalhas: ele vai e volta. Nós o esperaríamos porque esse foi o acordo que minha mãe, nos estertores de sua autoridade, nos impôs. Ela já tinha envelhecido pela ausência dos filhos da minha irmã, eu também envelheci naquele dia, mas de outro jeito, de um modo íntimo e destrutivo para os meus órgãos que só pertencia a mim. Mas as certezas da minha mãe já não pareciam convincentes. Não conseguíamos confiar em seu halo de segurança materna, depois do conjunto de catástrofes, e por isso sentíamos fome e ficávamos proporcionalmente mais gordas. As três. Mas nossa gordura, provocada sempre por circunstâncias infames, era necessária porque assim parecíamos mulheres e sabíamos que esse excesso, essa gordura e esse mesmo açúcar, ia nos proteger dos policiais militares e civis porque nos tornávamos indistinguíveis. Era conveniente que formássemos um bloco. Meu pai não, ele é uma figura distinta. Eloquente. Sua aparência atiça os nossos nervos porque ele pode se destacar enquanto desce as escadas do bloco. Ele sim, ele sim. Como não íamos sofrer ou comer pão depois das baixas familiares que tínhamos vivido? Dois dias sem lan house. Havia quatrocentas pistolas Walther

SP22 10+1 tiros, canhão de 6. Dois dias sem sanduíche. Meu ânimo era tumultuoso. Pensei no pão e na carga pesada da mandíbula. Os molares. Os constantes movimentos dos cantos dos lábios. Minha mãe, ainda que fosse cedo na manhã mais plana do bloco, pôs a caixa de vinho em cima da mesa, a caixa do meu pai. Pareceu necessário. Tomamos uns copos de vinho para aguentar a espera. Sabíamos que estávamos bebendo como homens, mas o fazíamos como representantes do meu pai e pelo meu pai. Ensaiamos um brinde tétrico porque não conseguíamos deixar de pensar que ficaríamos sozinhas e que nessa solidão poderíamos sucumbir. Acabamos a caixa de vinho consumidas por um silêncio moderado, ainda que minha irmã, que nunca aprendeu a se conter, tenha soluçado e depois se estendido na cama garantindo que já não lhe sobravam forças nem lágrimas. Meu cérebro está em ruínas, ela disse. Minha mãe lavou os copos. Eu a observei, e seu rosto me pareceu quase normal. Eu me despedi delas: volto logo, disse. Mas elas não se importaram com a minha saída porque toda a veemência familiar estava concentrada no meu pai. Havia setenta pistolas Asg Duty One Blowback 4.5 mm. No caminho à lan house, o vinho revirou meus intestinos. Parei e me apoiei num poste de luz, um poste feio, consolidado pelo cimento antigo. Lembrei que não gostava da marca de vinho do meu pai. Nem um pouco. Então, apoiada no poste, levantei a cabeça e quis olhar o nosso andar, o quarto, como se não o conhecesse. Minha ideia era fazer um experimento visual a partir de uma distância forçada. Foi então que divisei meu pai subindo a escada. Voltava depois de um tempo razoável, movendo as costas quebradas com uma desarmonia ampla e eficaz. Nada em seu passo permitia entender como ele se protegeu enquanto esteve longe de nós, por quais beiradas dos blocos ele transitou e muito menos como foi acometido pela lembrança de suas costas enterradas no pulmão. Abriu a porta do apartamento. Não foi difícil entender a cena do reencontro. Eu pude pressagiar os gritos, os insultos, os golpes e o desconsolo do meu pai diante de sua caixa de vinho vazia, as explicações da minha mãe e os balbucios inconclusivos da minha irmã. Havia dez mil pistolas Asg Combat Master Airsoft 6 mm. Devolvi meu corpo para comprovar as imagens. Corri até o nosso bloco. Subi veloz as escadas. Entrei com toda a minha violência e me somei.

Justo ao entardecer do bloco

Ainda não escurece, Lucho entra no meu cubículo e, apelando ao tom de um dramatismo estrondoso, diz: me acompanha. Diz: agora mesmo. Saímos. Deixa largada a lan house. Andamos um quarteirão e sentamos na calçada. Ele está pálido, ou mais pálido ou mais magro. Observo os blocos e tento imaginar um mundo estritamente retangular e inamovível. Lucho está intoxicado de si mesmo, e entendo por que precisa de mim. Depois do episódio selvagem de sua ferida, não deixou de mostrar um sentimentalismo imprevisível, errático. Havia cem facas táticas Ontario 216-8300. Conta para mim os pontos da minha cabeça, ele ordena em voz baixa. Já contei na semana passada, são vinte e cinco. Conta de novo, ele pede. Inclina a cabeça e eu revejo a cicatriz que ainda está vermelha, irritada. Vejo uma costura bastante dramática e, ao mesmo tempo, banal. Levantando o cabelo que cobre os pontos, percorro com meu indicador o buraco dos fios. Ele quer que eu minta. Vinte e quatro, digo. Vinte e quatro ou vinte e três?, ele pergunta. Não duvido.

Vinte e três. Não sei se pergunto: por que você fica assim?, ou, para que você fica assim? Por que você fica assim?, pergunto. Porque Omar me incomoda, me cansa, me desprestigia, ele diz. Enquanto ele se entrega a um pesar tolerável, saudável, penso como daria para remodelar os blocos para rejuvenescer. Procurei nas redes construções parecidas de arquitetura massiva e nenhuma me convence muito porque não se adéquam à paisagem, às cores, ao tamanho, ao corpo que temos. Sei que é um dia triste para Lucho. Um desses dias em que parece que o cimento, as grades e as portas caem em cima da gente. Lucho se condói por sua cabeça, toca a ferida e então sofre como um menininho. Omar vai nos buscar, ou me buscar, porque precisa exibir sua dor e que nós avaliemos a curva de seu sofrimento. Nós sabemos. Quando escurecer, tudo nele vai se resolver. A luz já está caindo. Lucho começa a ser o mesmo de sempre, percebo. Escuto um fluxo harmônico de suspiros que o tranquilizam e o aliviam. Havia mil facas Remington para desossar 218-19312. Sinto como se eu mesma estivesse dentro dele navegando por seu interior, invadindo-o como uma bactéria e assistindo ao declive de um ciclo de angústia. Não vou mais entrar na lan house hoje. Em duas ou três horas vou acompanhá-lo para baixar as grades e pôr os cadeados. Omar está dentro, incomodado ou furioso, não sei, porque, quando Lucho se dissolve, cabe a ele cuidar do espaço por alguma combinação que não conheço. Enquanto espero do lado de fora, Lucho tocará a porta horrível que Omar reforçou para conseguir a autonomia de que precisa, e então ele vai sair e fazer sua cara mais fechada porque sabe que Lucho é diferente dele, que evita sua posição abertamente negativa e crítica diante da vida. Omar vai e vem por dentro. Seu temperamento é oceânico. Pode gritar e depois rir ou pode passar um dia inteiro submerso numa neutralidade insuportável e ostensiva. Mas, num aspecto vago e muito inclassificável, nós três temos um caráter parecido, embora Omar seja mais nítido, mais compacto, desorbitado. O que ele não suporta é que Lucho responda sempre com um sorriso nem sequer falso, e não tolera que desdobre as frases engenhosas que o caracterizam. Porque Lucho é abertamente simpático. A simpatia lhe garantiu a manutenção da lan house, e então Omar e eu chegamos atrás dele. Chegamos como um bloco unido. Chegamos ainda que Lucho tenha nos acolhido com neutralidade, conservando a cautela da função e comentando as condições, os preços e os tempos, mas também os pequenos benefícios caso usássemos um só lugar. Omar, Lucho e eu temos a mesma idade: mesmo mês, mesmo dia, mesmo ano. O que nos diferencia é o bloco, e essa distância nos dá outras perspectivas. Três quarteirões nos separam. Juntos somamos três blocos. Quando Omar vai ao meu bloco, reconheço em seu olhar a desolação. Um vazio que lhe encerra qualquer forma de otimismo. Eu entendo. A forma incansavelmente decidida com que ele pensa é tão perturbadora para mim que, enquanto subimos ao meu apartamento, eu tendo a falar muito e me expresso de um jeito precipitado. Ele insiste em me acompanhar até o quarto andar. Fico cansada de subir as escadas, e minha voz se faz ridícula enquanto faço comentários que não me pertencem totalmente. Havia dois mil canivetes suíços Victorinox Spartan Camo. Quando subo com Omar, sinto que o levo às alturas, que vou cair e destruir meu rosto de tanto esforço. Omar olha detidamente os corredores de cada andar. Ele os analisa e mede com um olho demolidor demais. Nunca descansa o seu mal-estar. Pensa em seu próprio apartamento, eu sei. Isso o desespera. Parte de sua vida é destruída porque seu bloco está a ponto de colapsar devido ao peso crescente das grades enferrujadas. Fica obstinado em comparações deprimentes e tenta se separar com Lucho, que, apesar de todos os comentários de Omar, as caras, os modos, não se desarma, a não ser no episódio pessoal demais de sua cabeça que só pertence a ele e que, finalmente, o ocupa por pouco tempo. Os três, Lucho, Omar e eu, nascemos no mesmo mês, no mesmo dia e no mesmo ano. A coincidência assombrosa nos números que carregamos nos assusta porque pensamos numa conjunção que poderia implicar as artes malignas de alguma seita ou os procedimentos deliberados de uma organização transnacional ou uma jogada estatal dos PMs para nos situar no centro dos arquivos. Havia cinquenta facas de lâmina preta VALO 150-4003162. Mas a simetria também nos une. Nos obriga a brigar duramente porque os três lutamos contra as datas e desconfiamos das coincidências. Vivemos numa constante incerteza, eu poderia garantir que Omar é o que entende melhor a lan house e agradece a oportunidade que o cubículo lhe dá, ainda que nunca vá admitir para nós. Temos uma espécie de pânico diante do desgaste dos computadores e do horizonte iminente do desuso. Lucho baixou os preços para realmente poder competir. Os blocos medem incansavelmente os minutos e põem numa balança o preço exato em que é negociado o tempo. Os blocos conhecem bem a dimensão dos cubículos, a espessura de seu interior. Temos uma certa escala de medo. Os três. Nos conhecemos demais para enganarmos uns aos outros. Sabemos o que sabemos. Omar já é totalmente órfão. Está sozinho como a gorda da Pepa. O piso de seu apartamento está caindo aos pedaços, e não lhe sobra dinheiro para uns consertos vagos. Tanto para Omar quanto para Pepa, o couro já não aguenta mais. Eu não sei como eles conseguem suportar a asfixia provocada pelo pouco couro que lhes resta.

Havia cinco mil adagas 168-80L-15.

A operação branda

Os PMs já se entrincheiraram. Uma raiva infinita eriça seus músculos e os impulsiona a serem mais ágeis e mais esguios do que a realidade hostil escondida por seus corpos gordurosos. Os policiais civis acumulam menos gordura, mas têm uma estatura inferior, são vários centímetros mais baixos, uma cabeça a menos de altura, ou uma fatia de crânio, ou a totalidade de uma testa. Eles transitam atrás dos PMs enquanto dão voltas e voltas pelos blocos para consagrar sua última operação de controle. Eles, os policiais civis e militares, têm programas de computador ligeiramente diferentes para pesquisar os nossos antecedentes. Obtêm os antecedentes numa sofisticada conexão com os carros policiais. Carros espiões. Esses programas de última geração foram licitados em duas empresas que mantêm uma dura concorrência. Eles escolheram duas empresas diferentes para ter certeza de que ninguém impugnaria as compras e, assim, poderiam dividir em paz os lucros. Sou uma especialista em licitações policiais porque temos que entender como eles atuam e quais novos recursos eles obtêm para nos destruir. Mas hoje é uma operação branda revestida de uma dose de violência irrelevante porque assim eles combinaram. Quem? Não sabemos. Havia doze miras Zip 4x24. Omar, Lucho e eu fizemos uma aposta. Omar garantiu que a operação ia demorar uma hora, Lucho, três, e eu acho que vão ocupar o bloco por cinco horas. Eu cheguei mais longe. Não me importo em perder a aposta, prefiro elevar o tempo a toda a sua potência porque, se as horas se manifestarem tal como são e se desta vez eu coincidir com sua abstração, vou ganhar um tempo grátis na lan house. Se perder, vou fazer alguns favores escravos para Lucho e Omar. Não temos nem um peso ou, se temos, não dá nem para o nosso consumo e menos ainda para os excessos ocasionais que nos permitimos. Hoje decidiram não esvaziar os blocos. Não esvaziam porque é uma operação branda, inofensiva. Como sabemos? Pela quantidade de tanques, sirenes, bombas de gás, capacetes, cacetetes, gritos, caminhões lançadores de água, e pelo ritmo corporal que imprimem ao procedimento. Mas especialmente pelos assobios de advertência que cruzam o cimento e que nos indicam o grau de intensidade da ocupação. Havia oitenta projéteis de artilharia de 280 mm. Quem assobia? Os especialistas do bloco, seus assobios marcam o ritmo dos nossos corações, a frequência dos assobios percorre o nosso corpo todo. Os assobios são completamente humanos, vêm dos pulmões dos especialistas em analisar as ações da polícia quando ela nos invade. Eles assobiam a magnitude da operação. Assobiam e assobiam. Os policiais não sabem como reprimir os assobios. Olham para cima babando como se os sons caíssem do céu, como se viessem de um Deus de antecedentes manchados, como se um Deus reincidente assobiasse. Essa atitude é parte da estupidez policial. Mas já sabemos que se trata de uma operação branda, entendemos que, desta vez, os blocos vão conservar um número importante de vizinhos. Que os vizinhos vão ficar nos seus apartamentos porque eles já não sabem onde enfiá-los, o que fazer com eles, onde ou como alimentá-los, como vesti-los e a qual prisão encaminhá-los. Tivemos que reconhecer, Lucho, Omar e eu, que existe um plano curioso de repovoamento dos blocos, uma forma ilegal de ocupação dos espaços onde já não resta ninguém, um programa estimulado pelas Polícias Civil e Militar. Por quê? Não sabemos. Mas acreditamos que pretendem nos infectar ou nos infiltrar de assombro e insegurança. Depois que levam os vizinhos, aparecem novas famílias. Quem são? Não sabemos. Preferimos nos manter longe para nos precaver e continuar com as nossas vidas. Omar não disse uma palavra sobre a situação maligna que está atravessando. Nós também não perguntamos. Mas acreditamos que a gorda da Pepa e ele compartilham as mesmas apreensões e que, ao anoitecer, cada um deles passeia pelo cômodo que ainda ocupa, com olhos chorosos diante das perdas que não deixaram de vivenciar. Mas Omar continua do nosso lado, erguido e cheio de compromissos. Ativo. Nervoso. Os três agora olhamos do quarto andar os movimentos policiais. Estamos apoiados no corrimão que conheço melhor. De cima, eles parecem uma produção animada, porque os uniformes dos PMs têm traços firmes que alardeiam sua supremacia. Um estilo copiado de um bando de pássaros famintos. Isso comentamos longamente Omar, Lucho e eu na noite em que comemos uns hot dogs completos. Depois de uma conversa agitada, sentados na banca da Adela, depois que discutimos e se passaram alguns minutos frustrantes de silêncio, Lucho falou dos bandos e da fome. Entendemos que era assim, que os bandos de pássaros inspiravam a polícia, que assim conseguia manter uma certa fama e também provocar um grau de espanto com aqueles movimentos perfeitamente sincronizados que faziam com que nos escondêssemos nos nossos apartamentos, nos obrigavam a nos manter embaixo da mesa quando ouvíamos as coronhadas, e nos alegrávamos, sempre de maneira insuficiente, com um cintilar de felicidade, nos momentos em que os assobios cresciam e sabíamos que os especialistas do bloco nos alertavam, porque eles estavam minando os vizinhos para assim manter um nível de produção policial. Havia quatrocentos mil capacetes colombianos com rede. Os PMs ficavam felizes, muito mais que os policiais civis, que se consideram inferiores em todos os aspectos. Mas agora que sabemos que a de hoje é uma ocupação branda, olhamos nosso próprio espetáculo com frieza. A gorda da Pepa termina de subir as escadas e para ao nosso lado. Abrimos espaço para que ela observe. Fico feliz que ela tenha subido, que tenha se atrevido aos degraus, parado ao nosso lado, nos dito oi, murmurado: já entraram de novo esses filhos da puta, que tenha olhado para baixo e não ficado tonta porque a gorda passa parte do dia deitada e não sabe mais ficar de pé, que tenha aceitado o chiclete que lhe dei, que tenha me dito: obrigada, que tenha perguntado sobre a minha irmã e eu tenha respondido: está bem, melhor, um pouco melhor, que não tenha tirado sarro da camiseta de Omar que é a mais feia que já vimos, que tenha perguntado a Lucho: e você, em que você anda metido, e que Lucho tenha respondido: na mesma coisa de sempre, na lan house, para que você me pergunta se já sabe?, que a gorda não tenha ficado brava pela resposta brusca de Lucho que já não a suporta, que não gosta nada dela apesar de tudo o que os une, que a gorda tenha repetido: sim, na lan house, como sempre, e tenha se apoiado no cimento para continuar olhando. Fico feliz que estejamos os quatro outra vez juntos no meu andar, o último, entre a música dos rádios, os latidos e os sons diversos dos celulares, perto da porta, e que eles, Omar e a gorda da Pepa, tolerem que Lucho e eu ainda tenhamos um pouco de família. Havia vinte e cinco revólveres Lebel. Um resto de família que caminha dentro do apartamento, uma família que come, que respira e que faz a mesma pergunta para Lucho e para mim nos momentos mais cruciais do som das balas: aonde você vai, você, me diz, aonde, aonde vai.

Uma só chibatada

É ela. Minha irmã amanheceu hoje comprometida com um processo luminoso de renascimento. Aproxima-se de maneira profana a um documentário científico que vi sobre a paixão mutante da crisálida como exemplo de superação para o conjunto mais opaco da humanidade. Hoje ela nos diz que se propõe a explorar o subsolo de suas emoções até se fundir com o estado de graça que circula por seus ligamentos e põe em alerta seus tendões. E nos diz, diante de sua xícara de chá, que vai voltar a trabalhar no centro. Diz isso com o pão na boca, diz isso com um pedaço de pão grudado no lábio. Se conseguir chegar ao centro, diz, ela se esquecerá da chibatada que levou do PM quando tirou a blusa, atingindo suas costas. Havia quinhentos rifles Remington 597 sintéticos. Um golpe, um só, dado no setor mais neutro da delegacia, um cenário armado por um oficial para entreter os PMs daquele turno que estavam abatidos pelo montante irrisório recebido na última gratificação. Tratava-se de saldar uma conta que ela tinha com um dos PMs. Um oficial e ela,

ela diz. Isso afirma a minha irmã, uma dívida que acabaria para sempre com aquela chicotada de cinto e com a presença indispensável dos PMs do turno que viam em suas costas a possibilidade de dissipar a ansiedade gerada neles pelas parcelas não pagas. Depois minha irmã nos diz que voltou ao apartamento. Subiu penosamente até o quarto andar, firmou-se de um jeito dramático no corrimão, cheirou o bloco atravessado pelo fedor de sopa e cola, foi invadida por aquele cheiro bem quando latejava a chibatada como uma queimadura de terceiro grau e no preciso instante em que se perguntava sobre o tipo de marca que o cinto ia deixar em suas costas. Diz que pensou com alívio que a marca poderia resultar similar à tatuagem de uma chibatada. Diz que pensou que suas costas poderiam parecer menos reais. Diz que olhou seu próprio pé na beirada de um dos degraus, seu sapato preto desajustado na ponta, descascado como uma velha pintura de mural. Diz que pensou no sapato quando viu a ponta apoiada no degrau de cimento. Diz que, enquanto via o desastre na ponta do sapato, pensou em se lançar no vazio, pular do quarto andar, mas entendeu que ainda era suficientemente forte e não ia morrer na queda. Diz que pensou isso porque a chibatada do PM não a fez sangrar e essa falta de sangue estragou, em parte, todo o espetáculo da delegacia. Diz que a falha inesperada desdobrou uma esteira de fracasso quando o oficial voltou a vestir o cinto com uma pressa desarrazoada no meio de um franco tom de vergonha que se fez legível em sua cara, na posição fugidia das pupilas e no jeito de baixar a cabeça. Numa atmosfera em que primava a decepção, ele mostrou a fraqueza contida em sua mão de PM. Havia setecentas pistolas Beretta Thunder 22. Diz que não sangrou e isso demonstrou a baixa capacidade do PM, sua falta de perícia em tensionar os músculos. Havia dez mil pistolas Zastava M76. Diz que o PM era fraco, ainda que não inofensivo. Diz que, apesar de todo o pânico que a tomava, quando se inclinou para receber o castigo, adivinhou que ia ser tolerável porque o PM não estava em boas condições e a mão frearia sua própria velocidade. Diz que o medo que experimentava já estava instalado nela. O medo e a sensação de que o mundo ia acabar a acompanhavam meses antes de que seus filhos lhe fossem arrebatados e, por isso, quando o oficial a fez entrar na delegacia para lhe dar uma chibatada, uma só, isso o PM repetiu de novo e de novo, ela sentia um medo conhecido, um medo que revestia seus ossos e talvez até tenha impedido que o sangue saísse para espirrar na cara de algum dos PMs que estavam perto demais de suas costas. Diz que nunca iríamos entendê-la porque nós não conhecíamos esse medo, o dela, o seu, ela diz, e diz que estava cansada de aguentar nossos lamentos que não se comparavam a seu estado definitivamente extra-humano porque nela se alojava um átomo de adivinhação. Diz que antes que levassem seus filhos tinha deixado de dormir, ou melhor, seu sono era tão acidentado que ela tinha perdido a esperança de alcançar uma percepção clara. Diz que esse medo e essa insônia tinham uma relação fatal com o que aconteceria. Diz, com uma ênfase fria, que, quando o PM lhe impôs a chibatada como única alternativa para não a colocar na cadeia, ela pensou que já tinha ouvido antes essa proposta, que não a estranhou nem um pouco porque, num canto indeterminado, ela já havia dito sim ao PM, ele já a tinha açoitado e ela conhecia qual seria o resultado em suas costas. Diz que o PM não lhe deu nenhuma alternativa, que era tudo ou nada porque naquele dia a delegacia inteira (ela se referia a cada um dos PMs do turno) estava crispada pelos pagamentos e pelo desdém que eles provocavam em seus superiores. Diz que não era um plano especial contra ela, estava mais para um acaso. Diz que ela era a que estava mais à mão para suprir a tensão que atravessava o turno. Diz que nunca se propôs a ser a imolada do bloco pois qualquer um teria resolvido o mal-estar que deixava a delegacia de pernas para cima. Mas era ela quem estava ali, era ela quem eles levariam, ela quem estava fichada, ela quem tiraria a blusa e ela quem se deixaria açoitar com a cabeça baixa. Diz que aceitou o trato que finalmente a liberou. Diz, sem o menor traço de rancor, que nunca iria terminar de entender por que naquele dia, no dia de suas costas, não tínhamos chegado para buscá-la na delegacia. Ela nos olha fixamente, enquanto mexe o chá com a colher, e diz que, quando saiu à rua, pensou que eu a estaria esperando. Havia trezentas pistolas Beeman 4.5. Diz que não confia mais em nós, diz como subiu um a um os degraus com seus sapatos desastrosos, diz também que seus olhos tinham se separado do corpo e que, de um lugar estratégico, olhavam suas costas não com pena, mas com curiosidade. Olhos que já não eram exatamente dela e que, no entanto, olhavam por ela e nela. Diz que, ainda não estando completamente afetada, sentiu o desejo de morrer, experimentou o impulso fugaz que descartou porque já tinha entendido que o quarto andar não servia para os seus fins e que era um salto no vazio que não a habitava completamente. Diz que, ainda antes de entrar na delegacia, entendeu que voltaria sozinha ao apartamento, que não a estaríamos esperando porque esse era o acordo que tínhamos: cuidar dos que ficávamos, proteger o resto da família. Diz que, ainda assim, pensou que eu iria de qualquer jeito, mas quando se viu sozinha na rua decidiu que nos perdoaria porque não sentiu um rancor penetrante. Diz que não deixou de constatar que respeitávamos os acordos. Diz que pensou que a história, uma que ela não conhecia, havia passado por suas costas. Diz, enquanto ergue a xícara de chá e a aproxima dos lábios, que quer ir ao centro, garante que vai transportar todas as coisas dela para o centro. Diz isso para nos infundir o terror e diz isso para se vingar de todos nós.

Havia cinquenta carabinas semiautomáticas Marlin 501.

Uma segunda-feira perfeita

Saio do apartamento. Olho os gatos que dormem no cimento com seus rabos pendurados. Visíveis, tranquilos, famélicos. Tiro o celular do bolso mais fundo da minha calça, um bolso especial, e me preparo para obter um bom enquadramento. Tenho uma coleção cuidadosa e estrita de gatos e cachorros, ainda que só me interesse pela lateral magra de seus corpos e por aquele espaço animal onde as costelas mostram seu poder e sua catástrofe. Penso nas costelas do meu pai e a tristeza me invade, mas, quando penso nas costelas impecáveis da gorda da Pepa, me dissipo. Hoje não estou para dramas. Quero deixar de lado as preocupações e aproveitar a totalidade de vícios que o mundo oferece. Mas estou presa no quadrante-bloco e para superar essa condição sem saída é que decidi me mover como uma gata malnutrida em cativeiro. Havia mil revólveres North America canhão de 1 5/8. Passarei, como todos os dias, ao lado do tanque. Atravessarei como se não estivessem ali o poderoso metal de ataque e a PM, e depois esquivarei os três carros da Civil estacionados bem na minha esquina. Deixarei os carros para trás com um passo humilde, neutro. Mais além, eu sei, estão escondidos outros e outros policiais em resposta ao salário que recebem às nossas custas. Comem, dormem e riem como imbecis. Têm a obrigação de nos matar casualmente. Lucho, Omar e eu sabemos. Também o proclamam os líderes do assobio, e minha mão já não assoma à janela do apartamento porque teme ser uma vítima fatal a mais na cadeia de indeterminações. Penso agora, neste dia especial que mantém meu ânimo relaxado e lúcido, que podemos sobreviver porque minha mãe, minha irmã e eu temos um tipo humano tão comum que não somos lembradas por ninguém. Mas isso me permite garantir que meu tipo comum é na verdade excepcional pelo conjunto de benefícios que traz. Sou multitudinária, estou em toda parte, me projeto como Deus e me amplifico dotada de um estilhaço de divindade. Mas não sou eu, somos o eu-bloco que habita geneticamente cada um de nós. A polícia sabe disso porque no fundo de seus uniformes circula um halo depressivo. Os comentários dos especialistas que trabalham nas redes aludem aos perigos da repetição e à corrente de frustração que ela provoca. Isso nos salva, diz Omar. A gorda da Pepa se orgulha de ser viciada em pão com geleia e se congratula pela urgência faminta que a acorda fielmente todas as noites. Meu pai é diferente, único, isso minha mãe e minha irmã sabem, e a gorda da Pepa também sabe bem. Lucho se esmera, com uma atitude fraterna e cruel, em pedir para eu me preparar. Mas hoje me sinto mais propensa a aceitar que o mundo venha abaixo. Confio que posso caminhar pelos blocos sem asfixia e deixar de lado a tosse nervosa que se apoderou do meu peito. Vou me entregar ao nada, sem sintomas nem lembranças lesivas, celebrando este tempo no qual já controlei todo desejo que não esteja ao alcance da minha mão. Quero me coroar com a folha mais insignificante do bloco, ou gostaria de estabelecer, no cimento ruim das escadarias, a pegada confiável de todos os meus antecessores que se consumiram no costume das pernas doloridas nas escadas. Havia setecentas pistolas Kimar 92. Sei que quase não resisto ao monótono subir e subir dos quatro andares para chegar a uma porta de madeira falsa incrustada entre as barras de um metal de baixa gramatura. Mas, esta manhã, inteiramente neutralizada pelo meu ânimo, entendo, com uma sabedoria que me alarma, que tenho a missão de representar a parte mais comum da humanidade e a zona mais repetida do bloco. Penso nas minhas fortalezas enquanto caminho até a banca do manco Pancho para implorar que venda pela metade do preço o sanduíche das segundas porque tenho menos de mil pesos, tenho só moedas de dez. Mal tenho. Vou pedir com segurança e aprumo, como se a totalidade do bloco lhe solicitasse um desconto. O manco, eu sei, mentirá profissionalmente, de maneira técnica, vai me dizer que cada dia ele está indo pior, vai tentar me convencer que não se atreve a cobrar dos policiais civis depois que eles comem os sanduíches sem nem agradecer e que também não cobrou do PM. Não cobrei um peso nem do PM nem do civil porque eles iam me enfiar na viatura para roubar o forno que eu tenho. Isso é o que eles iam fazer. Você está louca, não percebe que perdi um quilo de carne moída, roubado pelos policiais militares ou civis ou pelos cachorros que andam de um lado para o outro, ou por acaso você não sabe quanto eu gasto em gás. E justo agora você vem me pedir desconto. Você está louca. Quanto você tem. Deixa eu ver, quanto você tem. Imersos na cerimônia das segundas. O rito das moedas. Não posso, não, começar o dia sem o meu sanduíche. Você está bem gordinha. E fico um tempinho sentada no banco horrível do manco porque sou doméstica como as cachorras e as gatas e tenho que sentar naquele banco espantoso para comer o meu sanduíche, porque, se não estou sentada, o sanduíche não faz sentido. Tenho que ajeitar o banco, testar para ter certeza de que está firme, e sentar, porque é segunda e hoje começa outra semana ameaçadora porque aumentou a presença dos PMs que trabalham numa duvidosa operação secreta, e os policiais civis os ajudam se deslocando como ratos pelos blocos. Havia cem mil revólveres Ranger 102 mm. Mexem-se meio apavorados os policiais civis, alarmados sob a luz que os delata, absurdos os civis porque não entendem que ainda não estamos preparados para matá-los, não podemos porque eles explodiriam os blocos e lançariam os nossos corpos em infinitas valas comuns abertas nos canais. E se eu levar uma porretada, disse a gorda da Pepa quando a convidei para comer um sanduíche, e se me acertarem, é você que vai me arrastar, por acaso? Ela tinha razão, porque ela sabia que eu a deixaria jogada para me salvar porque isso é o que eu tenho que fazer, me salvar, pois sou a única que não está na mira e sou igual a mais da metade do mundo. A todos. Mas hoje é uma segunda pacífica para mim, uma segunda que não vai dar origem a uma situação fatal, e os PMs não vão entrar a coronhadas no apartamento, com seus capacetes terríveis, os coletes à prova de balas, as botas, as luvas, enquanto minha mãe fica pálida, pálida, quase desvanecida, e finca os pés diante dos PMs, se finca como uma paroquiana diante dos PMs e pede que não os levem, que por favor os deixem, o que custa, o que custa, deixem-nos aqui, os meus filhos, são meus, nossos, da família, entendem?, não estão vendo que estão sangrando, mais pálida, a pobre fincada e minha irmã fincada ao lado, chorando, abraçando a minha mãe, naquela segunda infame, as duas, minha mãe e minha irmã de joelhos no chão até que meu pai se soma e se finca porque vê seus filhos, os irmãos que tínhamos, com os rostos cheios de sangue, todos fincados diante dos PMs, mas eu não posso me fincar, não posso me fincar e não sei o que fazer com o meu corpo e com o meu medo e a pena diante de suas caras inchadas pelos golpes e os terríveis fios de sangue que não posso ver com clareza de onde vêm, enquanto minha mãe grita e se agarra à perna de um dos PMs, sempre fincada, enquanto minha irmã puxa os braços da minha mãe e os separa da perna do PM para evitar que ele dê um chute na cabeça dela e possa matá-la, possa matá-la porque minha mãe já está com a alma por um fio, tomada de desespero, e meu pai fincado não quer ver o que está acontecendo, está fincado e se balançando com os olhos fechados, com os músculos do rosto crispados, tensos, e eu procuro o meu celular no bolso, mas não me atrevo, não me atrevo porque, se eles me veem, me dão um tiro na cabeça, mas aperto o celular com a minha mão, faço isso na profundeza do bolso da minha calça, enquanto estou apoiada na parede, aterrorizada, sem poder me fincar com eles, tentando descobrir a magnitude dos golpes na cara, dos dois, tão parecidos que são, os rostos cheios de um sangue que escorre até o chão do apartamento, o primeiro dia da semana, a segunda-feira, sem aviso, de maneira súbita, as coronhadas, quando estamos tomando uma xícara de chá e comendo os pães de sempre. Havia duzentos rifles Norinco US 12-1. Enquanto minha mãe leva a xícara à boca, a porta estoura e eles entram feito loucos, desordenados, sem que nenhum de nós chegue a entender o que está acontecendo, ou entendemos o que está acontecendo conosco, sim, o que está acontecendo dentro do apartamento, do nosso, com um bulício que cresce para completar um desastre e um cúmulo de imagens aterrorizantes que depois não vão desaparecer. Ninguém se fincou. Quiseram se fincar. Eu que fui desabando, desmoronando pelo medo e pela imagem eficaz do sangue até ficar fincada diante dos PMs. Mas hoje é outra segunda, esta segunda tranquila, gelada e tranquila, que permite que eu me sente na banca do manco Pancho, coma um sanduíche, pague com um montão de moedas de dez, me levante, vá embora sem me despedir totalmente do manco e caminhe pelos blocos até a lan house para conversar com Lucho e Omar. Que eu fale pouco. O justo e o necessário porque os três vamos passar este dia bastante ocupados.

Os três nascemos no mesmo dia

Havia dezesseis submarinos de titânio Karp.

Ou quanto medo eu tenho ou quem tem mais medo ou quem não tem medo. Levanta-se um quadrante transitório pelo qual avança uma laboriosa colônia de formigas. Buscam uma via para sair do bloco. Fogem lentamente pelas escadas porque carecem do tópico da velocidade. São úmidas e são secas e representam o signo mais aterrorizante da insignificância. Mas elas conhecem o rés do chão e mantêm a tenaz esperança de encontrar uma saída por baixo. Mas não existe saída porque só lhes restam segundos e talvez um minuto de vida. O tempo é o elemento que sobrevoa a superfície humana para mostrar seu poderoso ângulo apocalíptico. Quanto tempo me resta. Quanto medo tenho hoje. Onde ele fica. Como consegue contaminar minha respiração. Respiro ar e medo. Não sou propensa a abaixar a calcinha. A pele, a minha, só fica eriçada quando espero no apartamento que se cumpra o tempo do nosso despovoamento. Abaixo a calcinha, minhas mãos e meus pés roçando nela até que caia no chão. Um tempo preciso, o tempo sem calcinha que requeiro para voltar depois ao meu bloco, para subir ao meu quarto andar com a respiração afetada ou infectada por um medo ascendente, mais ainda, mais. Mas entre o medo, os minutos sem calcinha, nunca mais de trinta, nos servem para que sobrevivamos e compensemos. Já conversei sobre isso com Omar, discutimos isso com uma enorme serenidade. Perguntei a ele sobre a curva do medo que ele sente quando se precipita sobre seu último visitante. Quanto medo ele experimenta enquanto espera com a boca aberta, afetado pelo ofício de chupa-pica em cada um dos ossos do seu rosto. Ele já não se queixa só de dor na mandíbula, mas também nos pômulos. E ainda que pareça exagerado, alude até aos ossos da testa e a uma dor constante entre as sobrancelhas. Havia mil e quatrocentos obuses D-30. Mas, apesar de tudo, ele não converte sua dor num recurso e muito menos num pretexto, em vez disso me explica sua dor para impor entre nós um desafio que realmente nos permita entender. O medo dele e o meu. Omar me diz que seus medos são diferentes e que se produzem em frequências pouco ou nada previsíveis. Não sei o que responder quando ele me pergunta quem é mais medrosa, se minha irmã ou eu. Não quero competir com ela porque sei o que ela diria e como diria, e adivinho com quem minha mãe se alinharia. Sei também que meu pai chegaria perto da janela para olhar a calçada como se ela lhe oferecesse uma nova alternativa. Não consigo responder a Omar, mas entendo, sempre com uma surpresa renovada, que é diferente, tem um matiz singular que nos permite pôr o medo entre nós, tirá-lo de dentro e deixá-lo por um tempo num lugar que, ainda que nos espreite, vagamente nos libera. Omar nasceu no mesmo dia que eu. Não queremos nos referir a esse aspecto e muito menos compartilhar nossas impressões com Lucho porque ele busca aliviar sua vida refugiado numa alegria que acaba por nos perturbar. Lucho evita aludir às semelhanças que temos. De certo modo entendemos e o protegemos para que ele continue contente por um tempo, mas sem dúvida que logo vamos pensar em nós três e resolver porque compartilhamos as datas e para isso temos que enfrentar Lucho e dirimir a corrente de medo que circula por nossos corpos. Havia trinta e três aviões II-7690 A. Como fazer isso, como expressar essa corrente que parece um choque elétrico que nos acorda de noite e provoca em nós um ligeiro tremor nas pernas, isso Omar e eu corroboramos, apesar de eu não ser como Omar, não sou. Ele acaba sendo, por alguns setores que seu caráter contém, indescritível. Mais caótico e arriscado, mais medroso, ainda que isso não possamos medir. Mas somos formigas, pequenos, caminhamos com as nossas patas diligentes e tortas do bloco à lan house, caminhamos com passos de formiga, sensatos, eu sem calcinha, enquanto Omar mostra uma displicência admirável, maliciosa, mafiosa, traficante, marginal (a mandíbula dele dói de maneira tenaz). Omar jamais vai compartilhar seus segredos comigo, só menciona o medo quando eu o proponho, assente com a cabeça, me diz sim, mas entendo que está disposto a responder qualquer coisa, concordando com o que eu sustente, porque Omar está disponível para mim, ele já disse, você sabe que eu estou disponível, disposto, totalmente. Contra o medo ou pelo medo, submergimos nas redes e de vez em quando nos encontramos, Omar e eu. Ou Lucho, Omar e eu. Ou Lucho e eu. De maneira súbita nos encontramos nas redes, em algum desses sites que visitamos e nos dá medo. Eu fico com medo e sei então que nada é impossível, que não existe segurança nenhuma e que o mundo não é como descrevem. Quando encontro com Lucho em algum desses sites, entendo que já não resta para nós nem sequer um milímetro de salvação, entendo como os espaços se estreitam porque não temos

que nos encontrar, não temos. O medo se expressa como uma interrupção, um sobressalto em que se suspende o curso do tempo e não sobra nada, só a certeza de que um sentimento de terror irregular e definitivo faz com que a vida pareça invivível. Ou o medo algumas vezes se desdobra e então penso que existe uma vida provável. Sob as nuvens limpas que se deixam ver do bloco, noto que algo benéfico se estende pelo meu braço e o move com uma certa harmonia. Penso que tudo poderia retroceder e nesse giro eu emergiria íntegra no meio de um lugar que não chego a definir.
Sinto minha saliva mais doce e tolerável porque o espaço interior da minha boca não me atormenta, nem me invade a sensação de nojo diante da umidade interna em que estão contidos os meus dentes, meus molares, minha língua. Havia dois mil lasers de uso duplo UFL-2M. Não me atormentam as doenças que minha boca porta ou que porta a boca suja de Omar, por isso quando mencionamos a palavra *boca* ficamos aterrorizados juntos, os dois, Omar e eu, e subitamente entendo que o medo tinha se retraído como o mar, igual às ondas do mar, para voltar com mais e mais força, uma onda incomensurável que se introduz com uma violência líquida pela minha boca até atravessar os meus pulmões. O bloco, o meu particularmente, o que eu habito, é uma representação do bloco-medo, uma forma gráfica que poderia se levantar, se inchar, se inflar a qualquer dia e explodir como um tubo de gás porque a pressão do medo chegaria a níveis impossíveis de administrar e o estouro seria a única forma de consumação. Se fosse necessário, eu explodiria na profusão de chamas maravilhosa e oportuna. Se pudesse desalojar de mim o medo, eu o faria ritualmente, do mesmo jeito que vi num site que falava de uma cidade singular na Índia, um povoado muito compacto e místico em que os seguidores de uma religião ingênua e facilmente cativante se entregavam ao fogo como um sinal de purificação. Queimavam-se sem

nenhum alarde porque a forma do fim estava estipulada depois de um jejum agudo que os limpara da cabeça aos pés. O jejum lhes autorizava o fogo, e eles acudiam a uma fogueira moderna com uma felicidade que não me deixou indiferente. Mas não é possível, porque meu medo é outro, não é pulcro e muito menos redimível, é outro, outro, é como se a polícia tivesse atravessado todas as fachadas, e seus escudos transparentes tivessem se enfiado dentro da minha boca. Como se as forças especiais da polícia corressem diretamente sobre mim e me lançassem de maneira sincrônica mil bombas de gás lacrimogêneo que me cegassem. Como se um dos quadros do choque, um policial imenso, disparasse uma bala de borracha no meu olho. Mas agora, neste preciso minuto, no cubículo que me cabe, abaixo a calcinha como se eu fosse uma formiga incansável. Abaixo com medo. Um medo bastante imbecil. Não sei de quê.

Havia quarenta e cinco helicópteros polivalentes August Westland AW139.

A música faz um buraco no cérebro dele

Quando vejo Omar se aproximando com seu passo cada vez mais atualizado, me alegro. Fico feliz que ele circule pela rua como se os blocos tivessem sido criados para ele. Percebo um salto no meu pulso enquanto o observo emoldurado pela janela. Vejo-o caminhar e reconheço em suas pernas o estado de leveza provocado pelos instrumentos de corda. Eu acompanho essa música nos portais porque me acalma e me faz bem. Mas Omar não. Ele não. Omar observa com uma atenção perturbadora os acontecimentos mais complexos do mundo e despreza o aprazível porque diz que não sucumbirá de antemão à morte. Diz que continuará vivo pois sabe que mais para frente os blocos vão explodir e nós vamos nos transformar numa turba em chamas. Diz que nosso tempo está acabando e que por isso ele não experimenta a derrota. Diz que eu o oprimo. Diz que a expressão tensa que mantém uma certa rigidez em meu corpo convida à claudicação. Diz que ele vai um passo mais adiante do que cada um dos meus pensamentos. Havia dois mil e quinhentos veículos blindados Ris (Lince). Que conhece, ele diz, uma parte importante das minhas sensações, mas que, apesar da posição insustentável que eu adoto, meu raciocínio é em grande parte válido e exato. Mas que ele jamais vai aceitar meu raciocínio. Não. Diz que é hora de eu me conformar porque o que eu mais temo vai acontecer e eu deveria me concentrar em reorganizar as minhas forças. Omar fala com uma superioridade que nos preocupa, nos altera, Lucho e eu. Suas palavras marcam uma distância em relação a nós até se converterem numa mera manobra com a qual ele se recobre. Mas sabemos que cada dia transcorre para ele entre o fracasso e o enigma. Eu não rebato nenhuma das ideias e opiniões dele para evitar uma discussão sem saída. Omar vai e vem. Vai e vem. Seu deslocamento é admirável porque sustentado pela música que ocupa parte importante do seu cérebro. Omar é viciado num tipo de música intensa e desorganizada. Uma música ocasional que não gera impacto nas redes ainda que ele a considere a única criação capaz de perfurar os espaços. Eu não. Eu não. Não posso me entregar à música porque estou atenta demais aos sons do bloco e não quero me distrair com outras harmonias. É tarde. Omar caminha e caminha para se livrar da noite atroz pela qual ele acaba de passar. Caminha porque não suporta a planície em que ele atravessou a escuridão mais repetida de seu apartamento. Omar tem saudade. Deles. Dos seus. O vazio que eles deixaram. Agora ele para na minha frente e conta que teve um sonho realmente caótico. Diz que no sonho entrava em grande velocidade um contingente massivo de policiais, fechando os blocos pelos quatro cantos. Havia cinquenta sistemas antissatélites Krona. Diz que se tratava de um fechamento automatizado com grades virtuais. Umas barras imateriais, entende?, ele diz. Alguns policiais, diz, os que tinham grau mais alto na hierarquia, os oficiais, rompiam a física porque caminhavam pelas paredes, mas quando chegavam aos corredores do quarto andar rugiam como animais pré-históricos. Diz que esses rugidos o faziam lembrar de alguns sons do gorila King Kong, o novo jogo coreano que adoramos. Mas não era exatamente aquele som, não, diz, porque parte dos barulhos tinha uma nota inédita que não dava para rastrear na pauta e isso os tornava ainda mais espectrais e incompreensíveis. Nessa nota perdida se reconhecia um eco que remontava ao começo dos tempos. Depois, os oficiais de polícia e os delegados da Civil emitiam suas ordens de cima dos tetos. Diz que alguns policiais voavam, num voo desajeitado como o das galinhas, a uma altura baixa, insignificante, procurando as vítimas porque já tinha sido decretado o dia do juízo final para os blocos. Mas nos blocos não morava mais ninguém além de mim e ele. Só nós. Havia noventa submarinos antinucleares Vladímir Monomaj de quarta geração. Ante a dimensão do ataque, nos protegíamos no porão de um apartamento que não conhecíamos. Ele diz que sabíamos que naquele apartamento se processava uma quantidade impressionante de substâncias das quais os policiais militares e civis queriam se apoderar para fazer uma revenda universal. Diz que nós, ele e eu, éramos os donos ou os administradores, isso ele não lembrava com clareza, das substâncias, e por isso a polícia nos rastreava de maneira desesperada. Diz que, apesar do perigo, não nos entregávamos ao terror, nos refugiando, em vez disso, com uma calma extraordinária, num porão que não era exatamente real e sim um espaço leve e determinado. Diz que, nos alto-falantes, eles repetiam seguidas vezes os nossos nomes enquanto os vira-latas dos blocos latiam seu temor. Diz que, durante grande parte do sonho, as imagens não tinham o menor realismo porque às vezes os PMs encolhiam e depois se desencadeava neles um programa de crescimento sem sentido. Diz que no sonho eu não tinha a mesma cara, era outra e no entanto era eu: você sabe como são os sonhos, está entendendo o que eu digo, não é?, ele diz. E diz em seguida que, num momento do sonho, quando o perigo se precipitava, nós juntávamos as nossas cabeças para que fossem atravessadas em uníssono pela mesma bala. Enquanto Omar me conta seu sonho, penso que foi isso que em algum momento combinamos: que, se os PMs entrassem na lan house ou mirassem em nós enquanto subíamos as escadas do bloco, íamos morrer juntos, unindo as nossas testas. Mas agora Omar parece não se lembrar do nosso acordo e não o relaciona com a imagem do sonho. Diz que de repente tudo se desconfigurava e aparecia uma nuvem que entorpecia a visão. Diz que depois da nuvem o sonho mudava porque os dois aparecíamos na rua enquanto uma multidão do bloco nos ovacionava com fervor pelos nossos méritos. Diz que, no meio dos aplausos, irrompiam os policiais civis e chegavam perto de nós dançando melodias tropicais. Diz que ficamos cercados por policiais dançarinos que mexiam desaforadamente a cintura enquanto todos os moradores dos blocos tiravam sarro do espetáculo policial. Diz que ele e eu estávamos incomodados com a interrupção e que não sabíamos como enfrentar aquele momento. Diz que, nessa parte do sonho, nossos corpos estavam cheios de hematomas e parecíamos prestes a desmaiar. Havia quinhentos mísseis supersônicos. Diz que estávamos encolhidos, de lábios moles entreabertos, a cabeça de lado. Diz que parecíamos vultos humanos porque tínhamos levado porretadas que nos deixaram à beira da morte. Diz que no sonho um rato parava no meio da rua e a polícia o reconhecia como um dos seus. O rato estava envenenado, mas ainda assim conseguia cheirar o entorno quadriculado. Diz que no sonho ele pensava em mim e tentava me proteger do cheiro tóxico que emanava do rato. Diz que era um rato tecnológico e fazia parte de uma nova experiência de caça, que estava ali para transmitir uma forma de infecção massiva que acabaria com os blocos. Diz que depois do rato aparecia uma projeção digital num disco cheio de notícias ininteligíveis emitidas numa língua nórdica. Diz que no deslocamento veloz das imagens era possível reconhecer as fotos da nossa ficha corrida, mas que, no meio da catastrófica situação corporal em que estávamos, mal conseguíamos nos reconhecer. Diz que o sonho nos tirou dali porque o cenário mudou outra vez, e agora estávamos sentados numa poltrona do apartamento dele, pacientes, olhando pela janela porque lá fora tinha um orifício aberto no céu, uma espécie de buraco que nos parecia normal, atraente e cheio de possibilidades. Havia dez mil quinhentos e vinte caças SU 358. Mas não era o céu, não, diz que estava mais para uma tela ou um plástico estendido para prevenir as quedas. Diz que na verdade era uma rede que estava ali para proteger os corpos dos policiais que balançavam em trapézios incríveis. Diz que tinha sido montado um baita circo policial no céu, e que os PMs tinham usurpado os saltos mortais dos policiais civis. Diz que, quando resolveu fechar a janela, a rede já tinha desaparecido. Diz que dali em diante não se lembra de mais nada. Diz que acordou com a sensação de um cansaço agudo, mas que quando pensa no sonho entende que falta ordem e sentido. Ou que tem uma ordem perversa, letal, diz. Diz que isso o desespera porque ele não entende o que acontece na cabeça dele para acumular tanto lixo. Diz que não consegue decifrar que lugar eu ocupava no sonho porque só parecia um peso morto que ele tinha que carregar. Diz que eu não dava nenhum alívio nem solução em cada uma das situações desesperadas que atravessamos. Diz que ele teve que tomar todas as decisões e se adiantar à direção das balas. Diz que parte do fracasso que cruzou todo o sonho pode se entender pela minha total falta de iniciativa. Diz que minha presença no sonho o irrita porque agora ele entende que era eu que causava o pânico ambiental que percorria os espaços. Diz que reconhece em mim o rato preso no meio das ruas dos blocos. Havia sete mil e duzentos mísseis balísticos intercontinentais localizados em ferrovias. Enquanto Omar diz que qualquer dia rouba o revólver de um dos policiais civis para meter uma bala na própria cabeça, eu me esforço para me manter cordial ou entusiástica porque Omar está passando por uma situação grotesca que o diminui e o envergonha. Mas não sei se devo suportá-lo porque a minha noite também foi especialmente absurda e eu não parei de sonhar com balas que derretiam. Mas não vou contar tudo para ele, não posso dar os detalhes porque ele ficaria furioso. Não. Quando eu acordei, digo, estava com a boca amarga como se tivesse chupado um monte de revólveres enferrujados.

O pau

Havia cinco mil caças SU30 SM.

Como conseguir mais dinheiro na minha meia hora no cubículo. Estou com a calcinha abaixada, me mexendo em cima do pau, sentada em cima do pau, crucificada por dentro, de costas para o homem, enquanto minha mente não me dá trégua agora que tento pular do jeito mais convincente possível para encaixar com as investidas do pau. Olho fixamente na tela a imagem de uma borboleta enorme que tem uma tonalidade amarela, um amarelo intenso que a consagra como inseto, mas também a enfraquece porque seu amarelo é volúvel, um amarelo que vai e vem pelo bater das asas, um amarelo que se desdobra e se redobra e não chega a se fixar. Já faz dez minutos que estou me mexendo em cima do pau. Só vou fazer por mais cinco minutos porque tudo tem um limite na vida. Isso minha irmã afirmou ontem, e depois riu e disse que era uma bobagem, uma porcaria de frase, uma frase de freira ou de louca porque para ela, assim ela disse, os limites não servem. Disse que pagava uma quantia exorbitante para continuar viva, para respirar, para assoar o catarro, e pagava pela dor no pescoço, e pagava, continuou dizendo com a respiração acelerada demais, e foi nesse momento preciso que eu já não suportei a sua voz de mártir e a deixei falando sozinha. Havia oitocentos caças SU 358. Estou há exatos dez minutos sentada em cima de um pau que se crava dentro de mim como se recebesse o impacto de uma sucessão de balas de alto calibre, uma e outra, uma atrás da outra, sentada, olhando a borboleta e seu bater de asas tecnológico, um bater de asas falso, decorativo, enquanto sinto uma dor crescente, um incômodo, uma ameaça. Um pau duro, estranho, marcial, terrível o pau, e penso que o comprimido está vencido. A pílula que Lucho nos passou de manhã: uma para mim e duas para Omar. Aqui, ele disse, você toma isso e passa tudo, para não se queixar mais, entendeu? E você também toma uma, ou melhor, você toma duas, disse a Omar. Melhor duas, disse, porque dá para ver que você não consegue fechar a boca e você fica estranho assim, fica feio, entende? E nos entregou os três comprimidos. Tirou de uma caixa que fica perto do computador. Lucho queria nos ajudar e por isso nos deu os remédios. Eu tomo um de manhã e outro à noite, ele disse. Omar olhou os comprimidos que estavam na palma de sua mão direita, tocou a própria mandíbula e assentiu com a cabeça, obrigado, disse. Havia dois mil mísseis antiaéreos S 400. Eu também agradeci porque Lucho estava tentando nos ajudar. Pode tomar dois, disse a Omar, para conseguir fechar a boca. Você toma só uma, disse para mim. Mas não fazem efeito em mim porque estão vencidos, penso. Com uma urgência literal meço o tempo pois já se passaram mais de dez minutos, quase onze, olhando a borboleta que bate as asas com a mesma intensidade que as pontadas de dor que eu sinto enquanto enterro em mim o pau. A borboleta foi só uma técnica que eu quis botar em prática. Tirei de um site de cura que garantia que a dor não era exatamente real. Dizia que a dor não existia em si mesma, mas que fazia parte da imaginação humana e requeria um esforço mental para afugentá-la. Só era necessário, afirmava o site, algo específico que trocasse o foco destrutivo por um elemento poderoso que permitisse esquivá-la. Um elemento exato: uma imagem, uma lembrança, um cheiro que fosse capaz de trazer novas sensações que neutralizassem o mal-estar. O site me pareceu sincero, completamente possível, e acreditei. Por isso pus na tela a borboleta. Foi uma imagem que me pareceu anestésica pelo constante bater de asas. Pensei que, se me tornasse uma com as asas, poderia evitar a mim mesma, fugir, sair de mim e me deixar de fora com toda a dor das cravadas do pau. Mas a borboleta falhou porque o que nunca pensei foi que a borboleta incentivaria a dor com suas asas que se moviam amarelas tal como eu me movo amarela em cima do pau. Não imaginei que a borboleta ia estimular a minha dor e que a técnica seria um grande fracasso. Havia novecentos satélites polivalentes da nova geração. Queria que este homem que está sentado atrás de mim, o homem do pau, me fizesse cócegas para eu conseguir uma distância entre as cócegas e a dor. Ou que coçasse a minha cabeça ou as minhas costas. Faltam minutos de pau e depois vou guardar os mil pesos no bolso. O bolso com o qual caminho de um lado para o outro, aterrorizada com a possibilidade de que um policial roube o dinheiro que venho economizando, que eu tenha que entregar à polícia as notas e as moedas para pagar as taxas que nos assediam a cada instante nas ruas do bloco, e que eu fique sem nada e não possa receber os meninos. Porque os meninos retumbam em mim, falam na minha cabeça, brigam, gritam comigo, sobrevoam os meus olhos com angústia, choram através das minhas lágrimas e estão sempre na borda dos meus espirros. Os meninos. Queria que quando os devolvessem, eles, os dois, encontrassem alguns presentes ou doces, não sei ainda o que seria mais oportuno para a ocasião. Tenho que festejar a volta dos meninos, isso eu disse à minha irmã, a Omar, disse a Lucho. Disse à minha irmã: quando nos entregarem os meninos, vou fazer uma festa no apartamento, temos que convidar vários meninos do bloco, e ela, minha irmã, me olhou de um jeito que deu medo, pensei que ia morder a minha mão ou a minha cara, porque ela já fez isso mais de uma vez de forma arteira e impulsiva, alheia às marcas que deixa em mim e completamente indiferente à minha dor. Havia quatro veículos de combate aerotransportado BMD-4. Por isso me curvei como se nunca tivesse dito nada. Lucho disse que sim, que estava bom, mas que eu ficasse calada. Pediu que por favor eu não falasse dos meninos, que já estava bom, ele disse, de ouvir tantas besteiras. Fica quieta, ele disse, até quando vai dizer besteiras? Era um dia especial, um dia de certo modo infantil, e eu sentia falta dos meninos ou tinha sonhado com eles ou alguém os mencionara no bloco ou eles tinham ficado grudados em alguma parte engomada do meu cérebro. Omar, em compensação, começou a rir. Riu de mim e depois apalpou a mandíbula porque ele já não pode rir, está meio inválido com sua boca de chupa-pica. Mas, ainda assim, riu e tirou sarro quando falei de uma confraternização para os meninos. Senti então que o mundo ainda disponível estava cheio de policiais até transbordar e que, no fundo, no espaço inferior do mundo, os tanques enferrujavam e as viaturas ficavam presas. Vi em sua profundidade toda a sucata universal da polícia e entendi que essa sucata não estava em descontinuidade com tudo, e sim que permanecia em estado larval. Decidi então que não mencionaria mais os meninos. Que falaria ou deixaria de falar, mas que nunca permitiria que os meninos voltassem sem que eu estivesse preparada, e para isso tinha que guardar mil pesos a cada dia. Decidi também que tudo valia mil pesos, minha dor, o pau valia mil,

Lucho mil, Omar mil e eu valia mil pesos. Doze minutos de dor. Tenho que procurar outra imagem, eu sei, vou fazer um percurso muito exato pelos sites até anular a dor provocada pelas cravadas do pau. Tenho que encontrar uma imagem fixa, lenta, opaca. Uma imagem parecida com o instante em que acordo, quando abro os olhos no meio de uma ausência sem limites e sou só um espaço disforme, um mundo inteiro radicado em mim. Se eu pudesse reproduzir essa sensação e conseguir uma imagem correta, sei que cada uma das meias horas deixaria de significar e não seria preciso passar o creme que comprei na feira e enfiar em mim meus próprios dedos para curar as feridas que o pau me causa, e assim conseguir dormir num embalo à noite. Passar o creme que Omar recomendou, que Lucho recomendou, que minha irmã recomendou porque minha mãe comprou para ela. Penso no meu pai e fico com vontade de chorar porque sei que já não prega o olho pensando nos tropeços da família, que fica se revirando na cama com um cuidado japonês para não acordar a minha mãe que dorme e dorme sobressaltada do lado dele, algumas noites com soluço, outras com tosse ou com os espirros provocados por sua alergia, enquanto ele desliza do lado dela como um bailarino pensando nos que já não estão. Ele os nomeia e os repassa e não sabe se a culpa pelas perdas é dele ou da minha mãe. Guardo os mil pesos no bolso. Ponho a palma da mão na tela e cubro a imagem da borboleta. Mais tarde vou encontrar uma imagem ou um acontecimento ou uma lembrança que me permita arrancar a dor que provocam as cravadas do pau. Quando estiver curada, vou olhar Omar através da fenda.

Havia mil mísseis Pantsir-S.

Ele está abrindo o zíper da calça

É hora do pau.
O som rrrrr do zíper.

O zíper aberto e o pau em condições. Agora só tenho que cravá-lo em mim. Não posso recusar o pau, não quero pensar em sua umidade e menos ainda em sua condição elástica. Não posso negar a importância de seus mil pesos em todo o contorno do meu corpo ou no transcurso da minha vida pois sua umidade influi até no impulso mecânico da minha perna quando subo a escada com a sacola. A mesma sacola que levo à lan house e que depois encho até a metade com o pão que compro na venda. Só um quilo porque agora somos menos. Sim, consumimos menos, e meu pai consome menos ainda porque virou um torvelinho maligno conosco, bravo, irônico, depreciativo. Fico com medo, diz meu pai, de sair, atravessar os blocos, olhar para trás. Sua atitude melindrosa nos confunde, minha mãe acha que ele está doente, que pegou uma gripe ou está com tuberculose, ou que os nervos começaram a falhar e estão repercutindo em sua cabeça. Havia cinquenta sistemas de reconhecimento global MR15. Sei que meu pai já sofre demais com o bloco e não consegue enfrentá-lo como antes, que as costelas quebradas o demoliram, que ele as procura nos sonhos e que, quando se vê no espelho, não entende o que aconteceu com seu rosto e pensa que a qualquer instante, enquanto se olha no espelho, vai aparecer ao seu lado a cara de um policial civil. Não aguenta mais o assédio dos policiais que aparecem por todo lado. Ele me disse: estão por todo lado. E é assim. Havia cem mil helicópteros Mi-28N Caçadores Noturnos. Mas ele pensa que estão procurando por ele, só ele, e nisso está enganado, mesmo que o procurem, sim, mas com a mesma obsessão com que procuram pelo quarto andar inteiro. Nesse mesmo anoitecer, Omar disse a Lucho e a mim: eu fico correndo entre os blocos e a cadeia. Disse quando já estávamos chegando ao meu apartamento, e Lucho se fez de surdo ou não se fez de surdo mas não quis dizer nada, apesar de a voz de Omar estar tomada pelo ódio e pela pena. Lucho não disse nada, nenhuma palavra de consolo ou compreensão, não disse nada de nada pois não queria falar das viagens de Omar para cumprir o horário de visitas. Lucho se negou a ser considerado com Omar porque em certo sentido já sabia que Omar não esperava nada de nós ou não queria que respondêssemos. Se disséssemos uma só palavra, ele mostraria uma hostilidade que Lucho já não suportava. Eu sei que ele não quer dizer nada a Omar porque entende que só está tentando brigar conosco para se desafogar. Sim, desafogar porque ele já não tem dinheiro suficiente para financiar seus gastos. Cada vez mais gastos porque a pouca família que lhe resta não para de exigir uma e outra coisa e isso o deixa desesperado ou cansado, dizendo que não quer ir vê-los nunca mais, diz que não vai atravessar uma cidade desconhecida para ele, diz que não vai fazer uma viagem que acaba sendo interminável, diz que não vai fazer a fila na rua, uma fila comprida de mais de um quarteirão, uma fila barulhenta, que vibra com os gritos, a impaciência ou a raiva dos parentes ou o riso dos amigos. Diz que não vai mais entrar na cadeia e diz que não vai passar pelos controles dos guardas. Guardas que parecem fantasiados pelo design absurdo de suas roupas e pelos corpos fracassados que eles têm. Guardas sempre agressivos quando o apalpam e o revistam e abrem cada um dos seus pacotes. Diz que não vai mais entrar no pátio descascado de visitas, diz que não vai cumprimentar mais a família que lhe resta nem entregar suas encomendas, diz que não vai mais rir com eles de suas piadas, diz que não vai mais cumprimentar os outros réus, como os guardas os chamam, diz que não vai mais escutar a família que lhe resta contar sempre as mesmas anedotas, diz que não vai voltar a anotar suas encomendas nem a ouvir suas queixas pela quantidade de comida que ele leva, diz que não vai mais escutar com assombro e terror como eles exigem mais. Havia três mil e vinte e cinco fuzis Kalash AK-12. Diz que não vai mais voltar ao seu apartamento para ser consumido pela angústia que ele conhece enquanto pensa que a família que lhe resta é insensível, aproveitadora. Diz que não vai passar mais nenhuma noite encarcerado em sua própria insônia, submerso em sua solidão, diz que não vai mais repassar a ausência e o amor que sente pela pouca família que lhe resta. Olha para Lucho esperando um comentário, mas Lucho não fala com ele porque está pensando em outras coisas, Lucho está ausente e não sei o que o preocupa ou que planos está pondo em marcha em sua cabeça, mas, ainda que esteja totalmente abstraído, sorri para nós porque assim é seu caráter, sorri sem sorrir de verdade e Omar parece a ponto de estourar, mas não vai estourar porque já cumpriu a cerimônia de suas queixas e eu neste preciso instante tenho que me esquecer de Omar, dos guardas, do pão, das encomendas, do terror que meu pai sente, para me concentrar no pau e distribuir todo meu potencial saltitante. O barulho do zíper metálico anuncia que o pau e eu vamos nos colocar em marcha. Sei como tratar o pau, ou não sei como tratar o pau mas funciona, funciona. Por que acertamos, o pau e eu? Ou quando aprendemos a acertar, o pau e eu? Ou então, acertamos, o pau e eu? Essas são as perguntas importantes ou bestas ou estéreis que eu me faço nas noites, algumas noites no longo tempo de vigília. É difícil afirmar ou negar ou me manter num equilíbrio mediano. Mas uma parte de mim conhece as crispações do pau e sabe como lidar com ele, sim, lidar com ele com a mesma perícia ou relutância ou rotina ou ausência com a que se alimenta um animal doméstico. Ou igual a como eu brincava distraidamente com os meninos da minha irmã. Isso significa o pau, uns minutos que me rendem mil pesos, os mil pesos que recebo em moedas ou numa nota dobrada e amassada, mil pesos que guardo e que levo nas minhas contas. Mas existem dias meio tenebrosos em que não consigo garantir nada. Hoje mesmo, enquanto o zíper rrrrr põe em marcha o pau e eu, não sei bem o que é que vale mil pesos, se o pau ou eu. Porque poderia ser possível que o pau custasse mil pesos, não eu, não eu. Que eu custasse menos de mil pesos. Eu me sento em cima do pau e começo. A lan house está completamente tranquila, só se escutam certos barulhos toleráveis ou sutis vindos da rua. Havia sessenta e cinco mil caças MIG-29. Se não me assustasse, se não doesse tanto, se não tivesse que subir e descer com fúria, num ritmo cada vez mais frenético, ridículo, nocivo, eu não estaria melancólica ou descontente. Mas o que me reconforta e me enche de esperança é que, em alguns momentos excepcionais, o universo me acompanha em meus movimentos. Porque quando me movo no mesmo ritmo do planeta, antes que transcorra um minuto, os mil pesos já se consolidaram.

As grades não são todas iguais

Desencadeou-se uma verdadeira pandemia de policiais que pretendem extenuar os blocos. Em meio a uma paisagem agitada, somos penetrados por enxames de capacetes, armas de serviço e caos pela posição ameaçadora dos cassetetes. Os uniformes dos PMs tingem de verde a paisagem. O verde-PM provoca um efeito óptico curioso porque o cimento dos blocos parece um bosque nativo, ou uma camuflagem que serve como fachada para esconder a realização de um jogo de guerra chinês. Estamos infectados de policiais e já estou contaminada porque estou com uma tosse que quebra as minhas costas. Tossi ao longo do dia e não deixo de pensar que minha doença foi provocada pela água tóxica lançada pelos carros ou pelas nuvens irrespiráveis que as bombas espalham. Penso nos produtos químicos. Tusso e penso. Tusso e penso nas saias assimétricas extraordinárias que vi ontem no portal. Não tenho certeza se serviriam em mim. Não sei que aparência teria a saia no bloco agora que a polícia faz o que quer ou diz o que quer ou se deixa cair sobre nós como quer. Havia quarenta mísseis intercontinentais Voevoda. Mas a saia, feita com um tecido sintético novo que os laboratórios estão testando, fica dando voltas na minha cabeça. Enquanto a tosse me sacode, vêm à minha mente, como numa sucessão de cascatas, as saias armadas com uns cortes insólitos que não chego a entender. As saias mostraram uma intensa renovação da moda porque a assimetria acabou anulando o domínio prolongado da simetria. Essa foi a contribuição que sua estilista, de origem japonesa, apresentou durante a semana de moda de Lima. Ainda que as imagens fossem prejudicadas por uma má apresentação, parecia óbvio que os patrocinadores queriam dar destaque à fibra e limitar a potência do corte, mas não conseguiram. Não. Quando olhei o desfile numeroso e ininterrupto das modelos que mostravam na passarela o encadeamento das saias, entendi que se produzira uma suspensão na trajetória da moda mundial. Não continuei pensando, porque saí do site, pois já tinham se desatado a tosse e minha malévola dor nas costas. Passamos uma noite extenuante no apartamento, nenhum dos quatro que restávamos conseguiu dormir por causa da minha tosse e pelas corridas barulhentas dos PMs que atravessavam de novo e de novo os quadrantes dos blocos. Os blocos são todos iguais. Quatro andares. Escadas de cimento. A mesma medida para cada apartamento. Trinta metros. Uma medida invariável. Só a diversidade anárquica das grades marca a diferença. Ou nos humaniza, como comentou um dos vizinhos. As grades nos humanizam, ele disse. Enquanto terminava seu comentário, no momento preciso em que ele disse a palavra *humanizam*, estourou um riso desenfreado na minha irmã, e esse riso incomodou o vizinho a tal ponto que ele a insultou, e eu não pude senão defendê-la contra o homem. Havia dez mil caças supersônicos MIG-31. Mas eu a defendi com as melhores palavras que encontrei. Não senti em relação a ele uma raiva sincera porque pensei que minha irmã tinha ido longe demais quando provocou o vizinho, o nosso, o do apartamento ao lado, o que resiste melhor à ocupação. Mas minha irmã, que já não conseguia entender a maior parte dos acontecimentos nem as causas da nossa miséria, tirou sarro do vizinho mais completo que temos e assim se esmerou em estragar a relação. Dia ruim. Hora ruim. Ruim seu riso. Mas, apesar do descalabro, eu defendi minha irmã dos insultos do vizinho porque, se não o fizesse, ficaríamos mais fracas. Mais ainda. Escrota, ele a chamou. Suja, ele disse. E a chamou de imunda. Nosso vizinho usou palavras comuns, vazias. Minha irmã não parou de rir de uma forma opressiva. Estúpida, o vizinho a xingou. Eu tive que intervir para impedir que o escândalo se precipitasse, e entrei com a minha irmã no apartamento. O apartamento, de trinta metros, tem uma parede com uma imitação infernal de tijolo que deixa minha mãe aturdida porque ela não sabe o que fazer e como se comportar diante de um muro relativamente granulado que já perdeu sua cor, um muro inquietante, sem nenhuma fortaleza, uma muralha que perturba a vista porque suas linhas lhe parecem agressivas. Minha mãe, em sua aflição, olha as linhas e não as suporta porque o tijolo falso pode chegar a ser devastador para ela. Ainda que não entendamos essa sua rejeição cabal, essa parede incomoda cada um de nós só pelo desespero que provoca na minha mãe. A polícia já abriu buracos nos tijolos granulados. Fez isso no terceiro andar, fez isso no primeiro, e com certeza, quando voltarem ao nosso apartamento, vai terminar de arruinar a parede que resta. Havia um milhão de mísseis de base móvel Topol-M. Não quero continuar tossindo porque a polícia vai suspeitar da nossa porta. Uma série de PMs vai entrar com uma coronhada e apontar para nós suas armas terríveis. Sim, vão mirar em nós porque minha tosse vai atraí-los, e se eles matassem a minha irmã eu não saberia como suportar sua falta ou nunca viveria do mesmo jeito depois de ver a minha irmã jogada no chão de linóleo café. Penso que os PMs não vão massacrar a minha irmã, ainda que eu entenda por que imagino isso. Numa noite recente, que agora me parece premonitória, sonhei que ela era morta e que eu assistia fugazmente ao assassinato. Era testemunha de uma cena terrível e lateral em que ela, apesar de tudo, sorria para mim. Sim, sorria num instante confuso e irreal porque eu não sabia se ela já estava morta ou ia morrer. Minha irmã estava emergindo para a superfície pelas escadas de um túnel do bloco no momento de sua morte. Não foi um sonho, e sim a violência de um pesadelo que me provocou uma insônia cruel de cinco horas. Minha mãe, quando tentei descrever para ela as imagens do meu sonho, ordenou, sim, ordenou que eu me calasse. Cala a boca, ela disse, com sua voz mais ameaçadora. Fecha essa boca. Mas eu queria contar porque sentia que, se falasse do sonho, eu o anularia. Meu pai se aliou à minha mãe, e eu tive que ceder e engolir sozinha o terror. Enquanto os PMs correm ou sobem pelas escadas crepitando seu ódio, eu me lembro do sonho. Havia trinta mil caças de quinta geração PAK FA. Me dá pânico que o PM, um oficial que vi à tarde, o mais alto de todos, o que tem uma calvície avançada, entre no apartamento e minha irmã ria dele. Ria de medo ou ria porque quer ser morta. Que qualquer um a assassine, o PM mais alto ou o vizinho, a mate porque ela está esgotada ou tomada pela angústia pelas suspeitas que suscita ou pelo escárnio que recebe. Faz dois dias que ela experimenta ataques intermitentes de choro e riso. Como se precisasse de seus barulhos ou não conseguisse contê-los, usa os dois para se restabelecer como mãe, ambos, o choro e o riso. Usa para compensar assim sua dor, a que os meninos deixaram. Só minha mãe a suporta com seu amor pavoroso. Em compensação, quando tudo já parece demais no interior dos nossos trinta metros, meu pai e eu conseguimos odiá-la. Meu pai é consideravelmente magro e tem um certo tipo diferente do nosso. Sempre parece meio ausente, distante, alheio ao mundo. Meu pai é singular porque é inviável e não combina inteiramente com as sombras geométricas do bloco. É claro que envelheceu, mas, pela forma e pela atitude que o caracterizam, ele se mantém paradoxalmente inamovível. Entendo que ele é meu pai, mas não sei por que ele encabeça a nossa família. Não entendo em que parte de sua mente a realidade-bloco o destrói, nem consigo inferir que sentimentos ele nutre por nós, as mulheres da família que vamos restando. Eu me pergunto com uma frequência incômoda como ele vive sua notável desagregação. E penso também em seus filhos homens, nos irmãos que ele tinha, e em quanto o afastaram de si mesmo depois que tudo se consumou. Mas sei que ele é meu pai e sei também que nós somos a última coisa que lhe resta, para além do desprezo e dos sentimentos de comiseração por ele próprio que o puderam invadir. Sei que ele não dorme de noite, sei que está completamente tenso, sei que está por um fio. Sei que eu sou para ele a coisa mais próxima de um filho. Sei que tem medo de mim. Sei que vai morrer logo.

Havia mil bombas E.

Omar e os cachorros

Havia quinhentos e trinta lasers THEL.

Ele me diz: não sei como vamos sobreviver aos latidos intermináveis dos cachorros. Omar está convicto de que a única possibilidade de resistir é provocar em nós mesmos uma razoável e indispensável surdez. Diz que leu, num dos sites que ele frequenta, como os bombardeiros mais qualificados se submetem a uma intervenção médica para estragar os próprios tímpanos. Diz que os pilotos perfuram seus tímpanos para anular a dor de ouvido que a altura provoca, ainda que percam parcialmente a audição. Diz que, dessa maneira, alcançam os melhores resultados diante do estrondo dos bombardeios. Omar é fanático por guerras. Ele acredita fielmente na veracidade das batalhas e dos relatos que as enaltecem. Eu não. Omar me diz que deveríamos perfurar os nossos tímpanos, diz que deveríamos procurar um jeito artesanal de fazer isso, diz que a surdez aliviaria a vida que nos resta, diz que o tímpano é a parte mais besta do ouvido, diz que deveríamos destruir os nossos tímpanos para não ouvir com tanta nitidez o latido dos cachorros que estão mais agitados do que nunca porque os policiais os aturdem com porretadas ou dão tiros nas cabeças deles quando os animais mordem as suas pernas. Havia dois mil e quatrocentos fuzis CAR 15. Sim, é completamente certeiro o que Omar destaca. É verdade que os cachorros mordem as panturrilhas dos policiais quando percebem animalmente que vão ser atacados. Os cachorros já enlouqueceram de fome e de raiva e por isso latem de um jeito incrível. Latem com uma persistência que denota uma fortaleza incompreensível ou um poder orgânico inclassificável ou uma obstinação orgânica ou uma característica orgânica que só pertence a eles. A história universal dos cachorros é percorrida pela agitação. Seu acontecer, repleto de anedotas, funciona como um conjunto de sentenças sociais de máxima utilidade que não cessam de circular pelas redes com uma profusão que acabou por se naturalizar. Os cachorros latem para nós dia e noite e executam uma sinfonia demolidora, trágica, que está ali para atuar como uma decoração fônica que se soma às brigas, aos gritos, à música e aos golpes que contêm os blocos. Os cachorros têm colunas bastante curvadas e isso lhes dá uma silhueta singular, afundada, como um varal de roupa que esgarçou demais. Mas essa curvatura os define como cachorros-bloco ou cachorros-coluna. Pelo estado geral ruim de seus ossos, por sua curvatura considerável, já foi gerada uma raça secundária que não está contemplada nos manuais e muito menos nas estatísticas publicadas nas redes. Havia mil e trezentos fuzis finlandeses Valmet M62. Exceto por imagens isoladas, os cachorros-bloco, os que mais latem do mundo, não existem para os especialistas ou existem só no interior dos nossos ouvidos. Estamos parados na rua, na esquina da lan house, conversando com Omar, enquanto os cachorros latem para nós de todos os pontos cardeais. O bloco se inflama de ira e Omar, que é moderno e melancólico, estremece ao me dizer que uma boa parte do dia ele fica pensando o que fazer, como escapar dos gritos dos vizinhos ou de seus espantosos uivos nervosos ou das rádios discordantes ou do barulho das festas ou do som das pegadas maníacas do apartamento de cima. Omar mora no segundo andar. Mora num andar verdadeiramente crítico porque, no contexto do bloco, sua localização é a pior de todas. O segundo andar está marcado por uma quantidade de problemas insuperáveis que nunca deixam de ressoar. Em compensação, o último, o quarto andar, o nosso, o de nós quatro que restamos, é consideravelmente mais sensato apesar do cansaço das escadas ou do perigo anímico que a altura provoca. Havia cento e vinte mil fuzis ARM calibre 7.6x 50 mm. Mas a situação excepcional do quarto andar é óbvia. Trata-se de entender as geometrias mais básicas que os espaços contêm. Mas Omar não se conforma em entender as condições gerais do segundo andar e continua ensimesmado em suas observações. Não entende que todos os habitantes do segundo andar dos blocos estão presos pela perversão sufocante da arquitetura. Ele se sente o grande protagonista da realidade e luta para se sobressair, isso é o que afirma Lucho quando diz que Omar precisa de toda a atenção do mundo, que seu ser é inconformado e não se rege pelo sentido geral e muito menos pelas lógicas que nos invadem. Eu acredito. Omar me cansa com a análise detalhada dos latidos e a súbita consumação da surdez. Mas eu sei como tratá-lo e sei também em que acreditar do que ele diz porque Omar é perito em música e também se especializou nos matizes da alimentação. É moderno e especialista. Nunca deixa de lado suas observações sobre o valor proteico dos legumes bolivianos comercializados nos blocos. Mas hoje ele não quer falar de seus assuntos e muito menos de seus gostos. Com sua cara febril ou gripada ou torta ele diz que sempre fica assombrado com as corridas súbitas pelas escadas. Diz que não vê o menor sentido nessas corridas. Diz que não quer se render aos prantos da bebê de um dos vizinhos. Diz que às vezes pensa que está enlouquecendo. Diz que não entende como a música pode ficar gravada em seu cérebro apesar da tortura sônica massiva que ele experimenta. Diz que devemos pesquisar juntos a rota da nossa surdez iminente. Diz que a junta de vizinhos número trinta e dois se aliou a um dos grupos das forças especiais dos PMs e que ambos, a junta e a PM, o colocaram no centro de suas operações. Havia seis mil e duzentos fuzis AK 47. Diz que pretendem despejá-lo de seu apartamento porque querem entregar os trinta metros dele a uma família sem-teto que passa informações para a polícia. Diz que é verdade que, por enquanto, ele tem vinte e cinco metros de sobra, mas que esses metros, vinte e cinco para ser exato, ele diz, estão reservados para quando a família que lhe resta sair da cadeia e voltar para o bloco. Diz que pensa que os gritos e os latidos dos cachorros fazem parte de um plano rigoroso da junta de vizinhos que tem uma clara obsessão por metros quadrados. Diz que a junta número trinta e dois, de corte paramilitar, mede metro a metro a densidade humana dos blocos e até considera ritualmente os centímetros. Havia quatro mil e quinhentos fuzis M4 A1 5.56x45 mm NATO. Diz que seu pai foi um dos gestores dessa junta, mas que suas antigas conexões não serviram para nada. Diz que existe uma força sinistra que desvia todos os latidos para os seus trinta metros. Diz para eu não olhar para ele com cara de suspeita, diz que não entende por que ele ainda conversa comigo. Diz que qualquer dia me dão um tiro por ser idiota. Diz que vai entrar em seu cubículo. Diz que vai passar o trinco. Diz que está fedido. Diz para eu parar de me fingir de doente. Diz para eu por favor parar de me queixar. Diz para eu não latir. Diz para eu não me fazer de cachorra nem de vítima. Diz que vai se encerrar antes de sua hora chupa-pica para pensar em como vamos provocar a nossa próxima surdez.

Não vale a pena viver sem as antenas

Havia um milhão de aviões de combate F22.

Os computadores estão colapsando. O técnico do bloco diz que está com uma dor de dente que acaba com a vida dele. Quando Lucho vai ao apartamento dele pedir que conserte os computadores, ele diz que não. O técnico diz que não tem força, que está com dor em dois ou até três molares, que não consegue dormir pelo mal-estar terrível. Diz que está com sono. Que está cansado. Diz que os computadores estão obsoletos, gastos, imprestáveis. Diz, repetindo como um pássaro amestrado, que não vai sair de seu apartamento porque está dolorido e sua vida é um verdadeiro martírio. Que tudo passa pela boca dele, diz. Mas Lucho acha que é um pretexto, que ele não está com dor nenhuma. Não tem dor nenhuma, ele diz. E diz que o técnico faz parte de uma conspiração com a PM ou com a Civil para fechar a lan house. É um delator, diz Lucho, não sei se dos militares ou dos civis, ou talvez seja um delator dos militares e dos civis, da polícia toda, ele diz. Tem certeza de que a polícia quer isolar os blocos para engoli-los. Diz que os celulares não funcionam mais porque eles programaram o fim dos contratos das antenas. Você percebe que a gente já não tem sinal, ele diz. Lucho tem razão. Minha mãe, meu pai e minha irmã estão desesperados e eu mesma não sei o que fazer. Todos os moradores dos blocos caímos num estado de estupor diante da crise dos celulares. A ausência das chamadas que alegravam a nossa vida com sua diversidade de estilos agora nos empurra a um silêncio anormal. Havia setecentos fuzis SA-80 785 mm. E justo quando os celulares não funcionam, os computadores da lan house estão lentos porque as conexões caem aceleradamente. Lucho e eu estamos consternados. Omar, com sua consciência fatalista, diz que a polícia está cumprindo as decisões combinadas com os numerosos serviços de segurança. A gorda da Pepa se aproxima com sua falsa indiferença costumeira para perguntar se nosso celular está funcionando. Não, Lucho responde, não funciona porque estamos sem antena, por acaso você não sabe? E então a gorda diz que está há horas tentando se comunicar, diz que precisa falar de maneira imperiosa com alguns dos seus, com seu pai, diz, que está num lugar que ela não pode nos contar para não o delatar, num lugar distante e indeterminado, e diz que as únicas palavras que lhe parecem importantes na vida passam pelo celular. Diz que agora vai se esquecer de falar. Diz que quer comer mil pães com linguiça, dois quilos de açúcar, três mil hambúrgueres. Diz que a família que lhe resta manda para ela cada vez menos dinheiro. Diz que tem medo. Diz que o dinheiro pouco que lhe mandam vai acabar sendo pego pela Polícia Civil. Diz que tem certeza de que os policiais intervieram no celular dela. Diz que sente uma fome constante, que morre de fome e que a cada manhã surge nela o desejo de comer mil frangos. Havia quarenta Sistemas de Apoio Robótico para Infantaria MULE. Eu comeria mil frangos e trezentas empanadas de queijo e quinhentas de carne, diz. Comeria um churrasco na ponta mais gelada da cordilheira dos Andes, ela diz, um filé mignon ou uma carne de segunda queimada, quase carbonizada, diz. E diz que não gosta de peixe e muito menos de marisco. Não gosto de marisco, não gosto do cheiro do marisco e por isso nunca pensaria em conhecer o mar, diz, mas minha mãe sim, ela sim queria, e a gorda fica vermelha, muito vermelha, pressagiando uma explosão, porque lembra que sua mãe já morreu, que já morreu. Lucho, Omar e eu não sabemos o que dizer, como acalmar a fome dela, e entendemos bem a gorda porque Lucho, Omar e eu também comeríamos a mesma coisa que ela, comeríamos mais que a gorda porque gostamos de marisco e de alguns peixes, não de todos. Mas temos que nos controlar para ficar confortáveis nos cubículos porque quase não cabemos e eu tenho que comer menos, cada vez menos porque não quero ficar de fora da lan house como a gorda que já perdeu seu espaço. Sim, cada vez temos menos vazio, e Lucho precisa de mais e mais meias horas para que a lan house não feche. Mas é evidente que o lugar vai cair em alguns dias ou em um mês porque os computadores estão lentos e os PMs fazem rondas e alguns entram dissimuladamente nos cubículos, mas nós os detectamos de imediato porque o pau deles é diferente, muito diferente do de um policial civil, de um detetive. Havia trezentos mísseis teledirigidos HAWK, SM2 laser aerotransportados. Eu sinto o pau e penso: esse é da Civil. E Omar também o reconhece no ponto mais experiente de sua boca. Sobre isso já conversamos bastante, temos uma análise exata do pau dos policiais militares e civis. Não é a mesma coisa o pau de um PM e o pau de um policial civil, são opostos. A umidade se manifesta neles de maneiras diferentes. O pau do PM é rápido, com um ritmo sempre vertical, tão vertical que faz rir, mas eu contenho o meu riso para que o PM não me pegue. Aguento enquanto o pau sobe e desce, sobe e desce num ritmo rígido mas não marcial, e sim obediente, submisso ao seu próprio empurrão, sempre o mesmo até que escorre tranquilo e com certa austeridade. Mas os da Civil têm um movimento meio circular que se manifesta tal como se alguém estivesse mexendo com lentidão exasperante o açúcar numa xícara de chá. Quando eu detecto esse movimento, sei que estou sentada em cima do pau de um policial civil, sei que ele não vai me pagar, sei que, se eu reclamar ou olhar para ele com dureza, ele pode sacar a arma e me matar, sei que me daria um soco na boca, sei que puxaria o meu cabelo, sei que me daria um chute no estômago, sei que tentaria arrancar um olho meu, sei que perdi meia hora de trabalho e trezentos pesos. O que vou fazer, eu me pergunto, agora que as rondas se intensificam, se só entrarem policiais no meu cubículo. Ou o que vamos fazer Lucho, Omar e eu se surgir neles uma necessidade obsessiva, embaixo, nos paus deles, enquanto eles dão voltas e mais voltas para imobilizar os blocos. A gorda da Pepa ficou com o corpo gelado pela queda dos celulares, diz que está com frio, estou com frio, diz, vou embora, diz, e eu imagino que ela irá para o apartamento dela com a derrota impressa em seu corpo. Subirá ao apartamento, abrirá a porta e se sentará na poltrona do pai dela, e tirará do bolso o pão francês que sempre a acompanha e o comerá sem pensar no pão, e sim na insensata falta de conexão de seu celular. Havia quinhentos e trinta e dois mísseis supersônicos Khrizantema-S. A conexão que lhe permite constatar que a pouca família que lhe resta está viva. Ela sabe que estão vivos porque o som do seu celular e a voz que ela reconhece de imediato lhe garantem a certeza de que ela precisa para não cair derrubada por um tipo de angústia espessa que às vezes a oprime. A voz deles é a única que lhe dá sentido e uma alegria fugaz. Ela sabe, porque está sentada na poltrona de seu pai, que o apartamento foi um lugar comum, mas tem dificuldade em refazer esse tempo repleto de corpos. Em vez dos episódios que ela luta para atrair à poltrona, impõe-se o vazio, como se esse vazio fosse o único tempo memorioso do apartamento e de sua vida. Sente que, ainda que conseguisse lembrar de maneira fotográfica algumas cenas familiares, elas já não lhe pertencem e lhe parecem distantes ou diretamente alheias porque, desde o desaparecimento material da família, só existe ela, e são os seus próprios movimentos cotidianos os que ela lembra para suportar o dia seguinte. Um dia que se sustenta sempre no anterior, nas rotinas vazias e necessárias em que ela sobrevive. Ela e o esvaziamento de sua memória. Por isso só existe com intensidade o som do telefone que a conecta com uma voz sem corpo ou com o corpo dos matizes da voz, como se uma forma de mundo sem corpo estivesse ali para sustentá-la. Sente que não são importantes os conteúdos das palavras, e sim aquela voz que aparece para ela, para lhe perguntar de quanto dinheiro ela precisa para essa semana e onde ela tem que buscar. Sempre a mesma coisa, a impaciência ou a ira violenta diante de seu pedido, e um falso assombro diante da cifra que ela lhe dá: mas nada te deixa cheia, você fica comendo o tempo todo, por que você gasta tanto, até que a chamada termina e ela volta a pensar no que aconteceu com eles, o que aconteceu na realidade para viverem desse jeito, e depois ela afunda de vez numa modorra faminta, sempre com o celular na mão. Havia cinco mil e duzentos dispositivos acústicos de longo alcance LRAD. E o que a gorda vai fazer sem telefone, ou o que vamos fazer todos nós agora que os computadores estão lentos, difíceis, desconfortáveis e que tudo indica que estamos chegando à desconexão e que só sobraremos a gorda, Lucho, Omar e eu esperando que se produza um milagre, que desapareçam todos os policiais, que o clima mude e que os blocos reluzam e a paisagem renasça e volte a funcionar com toda sua potência magnífica.

Um vizinho do quarto andar

Estamos sentadas ao redor da mesa. Minha mãe está serena e ordenada. A ordem e a serenidade que ela adota para se conter. É a atitude que tanto conhecemos nela de antes que se precipitasse o caos. Estamos sentadas tomando nossas xícaras de chá e comendo de forma casual, aleatória. Havia mil quinhentos e trinta e dois fuzis M16 A2 com miras traseiras ajustáveis. Minha mãe disse assim que nos sentamos à mesa: agora só restamos três mulheres. A notícia correu pelos blocos com a antiga potência de um trem de carga e foi o vizinho mais antigo quem se encarregou de informar a minha mãe. Minha irmã e eu escutamos como minha mãe levantava da cama para abrir a porta, ouvimos os sons baixos das vozes, e ela, depois de fechar a porta, emitiu um suspiro profundo ou algo parecido com o limiar de um lamento. Depois escutamos os passos da nossa mãe na cozinha, a chaleira, os pães e sua voz nos chamando. Não nos surpreendeu. Nós sabíamos. As três. Mas eu agora me sinto mais ferida ou alterada ou brava e tenho que evitar que ela perceba e me culpe e estoure o apartamento. Porque quando minha mãe explode é realmente estrepitosa. Seus gritos atravessam o quarto andar inteiro, e os vizinhos enervados também chiam ou sobem a música até o paroxismo, causando em nós uma dor de cabeça poderosa. Mas hoje eles podem aceitar os gritos da minha mãe e respeitar seus insultos. É um dia de luto para nós, já que a pequena parte do mundo que nos resta veio parcialmente abaixo. Havia dois mil quinhentos e dois fuzis FAMAS F1. Minha irmã e eu ouvimos o vizinho dizer à minha mãe que um PM ou um policial civil levou meu pai, não se sabia exatamente qual deles, disse. E disse que a notícia era confusa, mas que ele tinha sido levado, disse, com bastante violência, aos empurrões, levando um ou dois socos, duas porradas, disse, deram nele uns chutes, bateram bastante nele no chão, tiraram sangue de seus ouvidos, disse. Minha mãe escutou, se despediu do vizinho, depois fechou a porta e caminhou até a cozinha comovida pela multiplicidade de pensamentos que a assolavam. Pensou, isso eu sei bem, que meu pai era a figura mais decisiva da vida dela ainda que não entendesse por quê. Não sabia como eles tinham formado uma família já que meu pai lhe parecia alheio a maior parte do tempo. Ela sentia, e isso eu sempre entendi com clareza, que uma parte de si mesma não concordava com sua própria história, que seu mundo tinha se organizado dando-lhe as costas, e que muitas vezes ela se perguntava o que a unia ao meu pai pois não tinha a menor ideia de quem ele era e por que tinham compartilhado uma quantidade de anos que lhe pareciam infinitos e estéreis. No entanto, a notícia dada pelo vizinho era funesta porque se desencadearia, a partir desta manhã, a obrigação de sentir falta dele, já que desaparecera o desconhecido que morava com ela. Minha mãe teve a força de ir até a cozinha e esperar que seus sentimentos emergissem e se estabilizassem. Esse foi um tempo chave para as três. Cada uma de nós estava lacerada por emoções velozes que nos confundiam e nos fragmentavam. Sabíamos que tinha acontecido o que fazia tempo esperávamos, e que essa tensão, a da espera, tinha chegado ao fim. Experimentávamos uma forma desviada de alívio que nunca iríamos reconhecer e que, no entanto, estava alojada nas nossas emoções. Mas, ao mesmo tempo, a realidade da notícia ia nos demolir porque a derrubada da família seguia seu curso e já sabíamos como terminaria a nossa história. Minha mãe olhou para a minha irmã e perguntou se ela se sentia bem, está se sentindo bem?, perguntou. Havia sete mil quatrocentos e vinte e oito fuzis Beretta Rx4 Family. Como você acha que eu me sinto?, respondeu ela. Pensei no meu pai. Eu sabia o que os PMs iam fazer com ele. Tinha certeza de que ele tinha sido levado pelos carabineiros. Eu quis esvaziar minha cabeça para não gerar imagens destrutivas, mas não consegui, as imagens chegavam caudalosas sem a menor contenção. O apartamento pesava sobre nós e nos provocava uma grave opressão. Minha irmã disse que ia deitar um pouco, um pouquinho, disse. Já estava chorando e retorcendo as mãos. Minha mãe e eu ficamos sozinhas sem saber o que dizer. Depois de um silêncio que parecia necessário, ela disse que ia sair mas que voltava logo, disse para eu ficar e acompanhar a minha irmã, disse que tínhamos que nos comportar e não demonstrar nossos sentimentos na frente dos vizinhos porque senão eles iriam se aproveitar de nós, disse que era fundamental que nos antecipássemos à conduta que o bloco ia ter e que devíamos esquivar suas atitudes, disse que quando saíssemos do apartamento tínhamos que parecer relaxadas, corteses mas nunca amistosas, disse que descêssemos as escadas com cuidado, disse que era melhor que não saíssemos. Havia vinte e nove fuzis FN SCAR L(1). Hoje não, ela disse. Disse para não sairmos, os do quarto andar, os do terceiro e até os do segundo iam se irritar conosco achando que somos rueiras, disse que tínhamos que concordar em tudo porque precisávamos uma da outra, disse que a PM e a Civil já tinham nos incluído na lista mais atualizada, disse que o vizinho a tinha informado sobre isso num sussurro sinistro, disse que o quarto andar inteiro pensava que, com sorte, passaríamos mais uma semana no apartamento, disse que eu não devia me preocupar com dinheiro porque ela ia conseguir, disse, levantando o tom de voz, que não sabia como íamos nos sustentar e muito menos o que faríamos para nos proteger da polícia que tinha ficado obstinada com a família, disse que meu pai era culpado por seu descuido imperdoável e que com certeza já teria nos delatado, disse que queria morrer porque estava esgotada de tanto sofrimento, disse, com um tom violento, que eu não entendia minha irmã e ela, que eu era terrível, insidiosa. Disse que a cada vez que me olhava ela me via igual ao meu pai e isso ela não suportava. Havia dois milhões de fuzis de assalto FN2000. Disse que preferia que os policiais civis me levassem e assim ela poderia ficar sozinha com a minha irmã, que ficariam tranquilas, disse, porque elas sabiam morar juntas. Disse, enquanto abria a caixa de vinho, para eu lhe passar um copo, disse que se eu queria vinho podia pegar um copo para mim, mas que ia tomar só um gole em respeito ao meu pai, disse que ia tomar um, dois ou três goles de vinho para pensar com clareza porque agora tudo estava por um fio e ela tinha se convertido na responsável pelo apartamento e por nós. Não você, ela disse. Disse para eu não pensar que mandaria nela e na minha irmã, que isso não ia acontecer porque ela nunca aceitaria, disse que me conhecia bem, que podia ler meus pensamentos, disse que estava cansada demais e não sabia de onde tiraria forças para aguentar o choro da minha irmã e o conjunto incompreensível de seu comportamento. Havia mil e quinhentos fuzis FAL extra curtos do SAS. Disse para eu por favor ajudá-la, que ela estava fraca, que o apartamento ficava girando na cabeça dela, que ela estava enjoada de terror, que tinha medo da minha irmã, disse que gostava de mim, que não poderia viver sem mim, que eu deveria me cuidar porque, como era parecida ao meu pai, os policiais poderiam cair em cima de mim, toda a polícia, disse que tínhamos que pensar juntas uma saída para as três que restávamos, disse que como meu pai tinha se atrevido a nos abandonar e nesse momento, quando mencionou o nome do meu pai, coincidiram com uma exatidão arrepiante as minhas lágrimas e os gritos dela.

O PM bateu nele com sua fúria-cocaína

Minha alma saiu do corpo. Sofro de uma desordem nervosa que lateja através de um dos músculos da minha bochecha direita, que pula, que pula pela dor ou pela angústia ou pelo aviso implacável de que o pesadelo nunca será detido e aumentará até que já não seja possível conter a violência muscular e a minha cara exploda. Havia dez mil veículos blindados Merkava. Meu pai agora pertence à morte. Penso em Omar. Penso que ele poderia me aliviar como em algumas tardes dos anos passados em que ele me mostrava seu pau e eu me preparava de calcinha abaixada para sentir um gozo sempre estranho, invasivo. Um gozo que transcorria em mim mas sem mim. Só Omar ou só com Omar isso era possível, porque seu torso ficava na mesma linha do meu e ele não me pedia nada nem me impedia nada e eu lhe deixava todo o espaço de que precisava para umas exalações que percorriam suas vértebras uma a uma até que paravam no último osso que sustentava sua cabeça e então ele se entregava à paz. Fiquei frenética quando descobri que eu podia me multiplicar em pedaços que pareciam jogos de moléculas em fuga, biologias dizimadas, fragmentos de gosto que se partiam numa viagem diferente. Não eram as minhas vértebras como acontecia com Omar, não, para mim era uma quantidade incalculável de pedacinhos, divisões de divisões de divisões que iam de baixo para cima até o desaparecimento dos contornos. Eu tinha naqueles anos ou naquele ano uma aproximação total com Omar, ainda que sempre tomássemos cuidado para manter a simplicidade. Mas chegaram os policiais civis e militares, produziu-se uma intervenção policial apoiada pelas pás de um helicóptero, estacionaram as viaturas e os pequenos tanques, quebraram uma quantidade considerável de grades dos blocos e depois os policiais repartiram a mercadoria. Os civis guardaram uma quantidade maior de substâncias, e os PMs não pararam de se vingar. Havia cinco mil e quinhentos agentes nervosos Série V. Omar ficou sozinho e nos entregamos a uma atualidade sem sentido, ao dia a dia, às minhas meias horas, nos submetemos a Lucho que nos vigia e nos cobra. Mas não é necessário lembrar ou recapitular ou se arrepender. Meu pai agora deve estar morrendo pelos golpes, já deve ter morrido. Sinto que algo dele entrou no meu rosto e se instalou na minha bochecha, que lateja e pulsa e mostra o quanto estou alterada e o bloco vai ver e a gorda da Pepa hoje vai estar mais conformada porque pensava que o meu apartamento era uma injustiça, que as vozes, os movimentos, o som das xícaras, a água escorrendo eram uma agressão contra ela e o rancor não a deixava dormir. Mas agora como vamos dormir as três que restamos, eu me pergunto, em que momento sentiremos que somos três e que de qualquer forma importamos e temos que nos acostumar com o apartamento, voltar a começar e ensaiar um jeito de viver. Já deve estar morto. Saía sangue pelo nariz dele. Ele engoliu um anel. Tossiu. Parou de latejar. Seu coração. Minha mãe e minha irmã saíram para dar uma volta: não conseguimos respirar aqui dentro, nos afogamos, elas disseram. Estarão caminhando em volta do bloco, minha mãe terá colocado o braço nos ombros da minha irmã ou então estarão de mãos dadas. Silenciosas. Minha irmã não secará as lágrimas e deixará que escorram pelo rosto até sua roupa. Estará cansada e um pouco rígida. Sentirá que pode desmaiar porque uma parte de sua cabeça tende ao enjoo. Tirará o comprimido do bolso, o que eu comprei para ela na feira, e o morderá até engolir. Havia mil e quinhentas substâncias desfolhantes A230. Achará amargo e duro. Mas esperará com paciência o efeito para que passe a sensação angustiante de que algo irremediável acontecerá em seu corpo e chegará à cabeça até que tudo, absolutamente tudo desapareça de sua vista. Minha mãe lhe exigirá que voltem ao apartamento, minha irmã recusará e pedirá uma extensão, mais um tempinho, dirá, mas minha mãe apontará o tanque e responderá que não quer me deixar sozinha, falará disfarçadamente sem erguer a voz mas com tom firme para marcar uma autoridade que minha irmã obedece porque conhece. Então empreenderão a volta com a certeza de que mais tarde terão que sair de novo porque minha irmã se queixará da agonia ou do cansaço ou de um estado pulmonar insuportável. Eu sairei com elas. Andarei de um lado da minha mãe pensando no que faremos com o corpo morto do meu pai, seu corpo massacrado pela polícia. Vou pedir a Omar que investigue nos blocos sem correr riscos demais. A polícia espera que cheguemos ao necrotério para nos enfiar na cadeia, nos empurrar nos calabouços. Mas Omar é um grande estrategista e vai encontrar uma solução. Elas voltam ao apartamento. Assim que cruzam o batente da porta, minha irmã me abraça e me aperta com todas as forças que lhe restam como se quisesse se fundir comigo ou se desfazer de mim. Havia cem mil e duzentas armas binárias Novichok. Seus braços me envolvem por um tempo que me parece interminável até que eu me mexo com delicadeza extrema e consigo me separar dela. Ele morreu, eu digo. Morreu, ela me pergunta, como você sabe. Eu sei, eu digo, morreu. Minha mãe senta na cadeira. Ela me olha com uma clara expressão de reprovação, por que você não cala a boca. E como você sabe, hein, como você sabe, cala a boca, cala a boca, e eu gostaria de voltar à lan house, correr para a lan house e enterrar um pau em mim, qualquer um, sentada dentro do meu cubículo, e deixar as duas sozinhas no apartamento, abandonadas nos trinta metros que o mundo nos designou, os trinta metros despovoados da família que fomos, deixá-las sozinhas para pensar no meu pai e em seus últimos pensamentos quando viu que teria que enfrentar os PMs e suas botas e o punho na boca, como não iam quebrar um ou dois dentes dele, dois dentes, o sangue saindo pela boca e pelo nariz enquanto ele caía no chão sem se enfraquecer por completo, colocado no chão, de lado, enquanto a bota do PM continuava quebrando as boas costelas dele, e por fim a porretada que fechou os olhos dele ou não fechou os olhos, mas lhe tirou a visão. Fechou os olhos. Sim, fechou os olhos, porque o golpe foi definitivo, como se quebrasse a casca de um ovo. Nessa proporção. O golpe só podia matá-lo. Como ele resistiria à velocidade de um porrete que vinha do alto, direto na cabeça, enquanto o nariz do PM reluzia pela cocaína neve que ainda se mostrava atraente na borda de seu lábio superior. Havia um milhão de gases asfixiantes cianofórmicos. A cocaína deu toda a força de que o PM precisava para destruir o crânio do meu pai e interromper para sempre sua visão. O PM de nariz brilhante, como se tivesse encerado o nariz ou fosse espirrar de um jeito grotesco. Sim, o PM que estava completando o dia-bloco mais conturbado do mês. Gostaria que Lucho estivesse conosco, agora mesmo, e nos contasse uma das piadas que ele sabe para poder diferir desse dia. Uma piada de animal ou de bêbado, uma piada qualquer dessas que ele tira dos portais e depois repete até que pedimos que ele se cale, cala a boca, me diz a minha mãe, ou não pedimos que ele se cale mas não podemos rir mais porque temos as nossas meias horas e Lucho nunca sabe quando parar de contar piada porque é uma obsessão dele, uma verdadeira epidemia que o invade e ele não consegue, não consegue parar até que Omar dá um grito e então ele recupera algo parecido à compostura e sorri de maneira anêmica, faz isso para preservar o fio de fama que ele tem, a lenda de sua simpatia que tira Omar do sério. Mas eu suporto porque cada um de nós é como é e não tem volta atrás. Não tem volta atrás, minha mãe diz à minha irmã, nenhuma volta porque destroçaram a cabeça dele com um cassetete imenso.

Ao cabo de um mês

Havia dez milhões de esporos de Antraz.

O silêncio dos celulares me enlouquece. Já passou um mês desde a ausência selvagem do meu pai e nem um só dia eu consegui chorar tranquila porque sabia que a nossa dor era o único som poderoso que podia entreter o bloco. Os latidos dos cachorros provocam uma forma de desespero coletivo, e dos apartamentos lançam-se pedras nas matilhas que vão e vêm, vão e vêm transportando seu faminto ócio animal e o costume de cheirar a si mesmos enquanto seguem ritualmente seus passeios pelos quadrantes. Atiram pedras e garrafas vazias em seus lombos curvados. Ou gritam com eles através das grades, ou jogam neles água quente. Querem afugentá-los, mas não dá, não dá. A polícia tomou uma decisão irreversível. Os policiais civis, cansados de interceptar nossos telefones, já derrubaram as antenas. Estamos sem sinal. Produziu-se um ambiente sonoro intolerável devido aos celulares desativados, escuros. Mortos os celulares. Havia cem milhões de agentes incapacitantes BZ. O rádio soa mal.

A música sai do tom ou desafina e já não cativa porque falta o acompanhamento dos diversos sons dos celulares. Desço as escadas, caminho até a lan house pensando sempre que é o último dia, que Lucho não vai levantar a cortina porque os computadores já não existem. Não estão lá porque foram roubados ou porque o servidor falhou ou porque simplesmente ficaram esgotados. Mas entro na lan house que está parcialmente em ruínas, observo meu cubículo com a sensação de que não me pertence e que eu já não tenho um lugar no mundo ou que o mundo está acabando ou que fazemos parte de um experimento científico social do qual não temos notícias. Espero no cubículo a meia hora que me impus enquanto procuro um site novo que me recomendaram, mas nada consegue me afastar da modorra. Não consigo chorar na lan house, mas também não consigo rir. Lucho tenta manter sua presença afável e uma forte esperança, mas eu sei que ele está desolado. Eu o assusto. Ele me disse, você me dá medo. Disse, por que você não fica no seu apartamento ou por que não cuida da sua irmã ou por que não lava o rosto. A gorda da Pepa não está mais no apartamento dela, ele disse, a porta estava aberta e não sobrou quase nada dentro, puro lixo. Não sei o que terá acontecido, disse, se a gorda foi embora ou se foi levada pela Civil ou pelos PMs. Havia trezentos mil gases neurotóxicos Tabún. Ao longo da noite que acaba de passar, uma noite em que não dormi mais de três horas, pensei em Omar. Logo será nosso aniversário. Lembrei que a cada ano eu acordava com a sensação de que não era exatamente o meu aniversário, e sim o dos três, cada um em seu andar, cada um acordando do mesmo jeito, desconfortáveis, com a certeza de que tínhamos o triplo de anos ou que éramos o resultado de alguma brincadeira macabra do bloco. Mas agora nosso aniversário não chega nunca, só a notícia de que a gorda da Pepa não está no apartamento dela. Conhecíamos a vida que a gorda da Pepa levava, seu olhar vazio diante da televisão ou seu ouvido insensível ao rádio, esperando a ligação de algum familiar, brava ou amargurada, sempre faminta. E o que Omar sabe da gorda, pergunto a Lucho. O que estou dizendo, que a gorda foi embora ou foi levada e não vai voltar, isso sim que não. Estou de acordo. Não vai voltar. Lucho sai do meu cubículo enquanto vejo na tela cada vez mais defeituosa um desfile centrado nos braços e nas mãos. As modelos souberam desaparecer e deixar só os seus membros em primeiro plano. As luvas são inesperadas. A moda destaca as luvas cirúrgicas como um acessório invernal indispensável, enquanto a mão da modelo segura entre os dedos um bisturi de cristal talhado que ela manipula com maestria, ou a luva de boxe, ligeiramente estilizada com uma extensão que vai até o cotovelo que a modelo mexe sabiamente para mostrar seu poderio, e depois se precipita um conjunto de braços fechando o desfile com fibras coloridas de luvas para uso industrial que brilham com seus tons estrondosos e que demonstram que o calipso será um furor na próxima primavera europeia. Canso dos braços e das mãos enluvadas. Queria desligar o monitor e esperar a minha morte no cubículo, sentada como um objeto na cadeira de plástico para sair de maneira aprazível da vida. É uma sensação ou um desejo, não sei. Havia quatrocentas mil bombas de fósforo branco. Do lado de fora os policiais militares e civis executam as ordens que receberam. Adotaram as estratégias mais óbvias e que Omar acha estúpidas. Podem poupar essa comédia, ele me disse ontem, enquanto me passava um de seus fones para ouvir a última música de um grupo que ele acompanha. O rapper cantava seu hino sexual à pobreza com uma voz realmente insignificante. Eu não quis discutir com Omar e tirei o fone com neutralidade porque sabia que ele preserva a esperança de que esse grupo represente uma modernidade que redima o bloco. Havia seiscentos mil e duzentos gases desfolhantes laranja (2,4,5 T). Mas não temos tempo, não temos tempo. Agora a fome me cerca. Como se a gorda da Pepa tivesse se apoderado do meu corpo, preciso chegar a um pão ou a um sanduíche ou a um hot dog antes que tudo se precipite. A gorda foi embora, disse Lucho. Sim, respondi, foi embora. Estendeu-se entre nós uma atmosfera desoladora, ela foi embora porque ficou sozinha. Como Omar, ele disse. Sim, igual a Omar. Mas ele não sabe ir embora. Ele não sabe, eu disse, mas ela sim. Lucho me cobra os minutos. Cobra como se não estivesse acontecendo nada, como se eu tivesse meu celular, como se ainda houvesse algum pau disponível. Cobra como se os computadores funcionassem ou como se os blocos estivessem no mais pleno apogeu. Cobra meia hora atrás de meia hora, me passa uma conta e nos obriga a um pagamento que já é impossível. Minha mãe vai embora com a minha irmã ou vai morrer com a minha irmã ou vai ser morta com a minha irmã. Enquanto estou no apartamento, olho para elas como se fizessem parte de um passado que é meu tesouro, olho com dedicação porque ainda tenho tempo de gravá-las na minha mente agora que não posso fotografá-las. A horda de PMs está furiosa pela falta de antenas, eles se sentem desprezados, isso Lucho me disse com preocupação, andam de cima para baixo com os celulares na mão, incrédulos, bravos, e os policiais civis também, mas um pouco menos, não sei, diferentes. A lan house vazia e nada pode nos segurar. Sei com precisão que minha mãe e minha irmã estão estendidas na cama, abraçadas. Havia quinhentos mil e trezentos gases incapacitantes difenilcloroarsina. Sei que esperam que uma coronhada abra a porta e que sejam tiradas aos puxões ou não esperam nada porque a atmosfera mudou de um jeito curioso que ninguém se atreve a enfrentar. Sitiados ou encerrados, ninguém entende, os blocos parecem a superfície de um tempo anacrônico, um espaço coreano ou uma falsificação chinesa que vai desmoronar a qualquer instante. Minha mãe vai sair do apartamento com a minha irmã e não sei se fecharão ou não a porta. Lucho aparece com sua cabeça mal costurada. Diz: preciso com urgência de um revólver d'água para me defender, um revólver de cobre.

Dez gramas de coca no relógio de areia

Os PMs se clonam e proliferam. Colocam em marcha a invasão febril e destrutiva ativada por seus superiores mediante velozes manobras digitais. Logo cessarão e a clonagem será descontinuada por uma ordem internacional. O subcomissário da Civil entende o futuro. Sabe que se aproxima o tempo da coca preta que será transportada em garrafas de vinho tinto, em geleias de amora, no cocô dos cachorros policiais. Entende que vem aí a química dos comprimidos e que a coca branca será uma peça de museu. Havia duas mil bombas de Napalm. Esse é um verdadeiro ganho para o policial civil. Ele vai ficar rico porque a coca preta vai se estender e os comprimidos ocuparão a energia do mundo. Mas nos blocos experimentamos a espera de um doente terminal com instantes de dolorosa lucidez proporcionada pela coca branca. Lucho trouxe uma garrafa de pisco para a lan house e Omar escolheu cinco músicas imprescindíveis que, segundo ele, poderiam aliviar estas horas em que se consolidará a operação mais escandalosa da história dos blocos. Mas faz falta a sombra furibunda da gorda da Pepa, seu cabelo horroroso e seus vestidos inacabáveis, seu mau humor e a fome que nos contagiava. Os quatro comíamos. Comíamos com desespero. Com luxúria, Omar dizia, enquanto a gorda da Pepa ria por uma vez e mostrava os dentes, brancos, perfeitos, e cada um de nós pensava a mesma coisa, admirados com os dentes da gorda que pareciam reluzir em seu rosto transbordado. Havia quinhentos mil fuzis de assalto AR-15. Uns dentes extraordinários que nem sequer eram manchados pela densa maionese amarela que escorria pelo canto de seus lábios. A fome nos contagiava. Um vazio me preenchia e ao mesmo tempo eu sentia que o estômago ia explodir quando comíamos mais um pão no meio de um ato extremo de que gostávamos pois nos colocava à prova e saíamos dele airosos. Lucho ficava para trás, um ou dois pães para trás, mas não dizíamos nada porque existia um fio indestrutível de confiança entre nós quatro. Depois a gorda foi para dentro de si mesma, foi para dentro quando começou a perda constante dos seus, um depois do outro e um atrás do outro até que ela entendeu que era irreparável e que os blocos estavam amaldiçoados pelo ditame inapelável da polícia. A gorda nos abandonou para pensar em si mesma, fez isso de um jeito diferente do que minha irmã adotou porque ela, minha irmã, ama o escândalo e a compaixão, ela sabe como me horrorizar e alcançar justamente o lugar mais incisivo do meu medo. Fomos nos distanciando da gorda ao longo de um tempo em que a vida parou para nós e se transformou numa coisa parecida a um trâmite repetido que os policiais militares e civis administravam de maneira incontrolável. Havia cinquenta mil mísseis cruzeiros Tomahawk. A gorda partiu de seu bloco. Meu pai. Os irmãos que eu tinha já nos abandonaram. Omar, que conseguiu aguentar cada uma das ausências, não vai continuar conosco porque vai ser morto pelos PMs ou pela Civil ou por um dos numerosos inimigos musicais que ele enfrenta nas esquinas do bloco. Um dia por semana ou dois ou três, ele briga com sua música e vai com tudo contra as gangues porque não suporta a música-enganação. Lucho é nosso, ainda que algo nele não pertença aos blocos, ele não tem cheiro de cimento, não late, consegue um espaço maior, uns quantos centímetros a mais que lhe permitem a extensão de seu otimismo. Poderia ir ao centro, ele o faria porque sempre sorri pleno de vacuidade. Ainda que o centro lhe seja propício, ele não vai partir, sua simpatia não permite e o torna incapaz de abandonar os blocos e a família ainda completa que ele tem. A família é tudo para ele, sua família e a lan house onde ele fica papeando frenético e obstinado. Mas talvez Lucho não seja de todo nosso, não é, permanece como um malabarista no limite-bloco num balanço incerto entre dois mundos que não podem se compartilhar. Não sei o que pensar de mim mesma porque faltam as condições, ainda mais num tempo crítico como este em que vivemos, mas entendo, porque isso Omar e Lucho garantem, isso eles cantam com suas vozes afinadas, que eu sou totalmente bloco e vou terminar fundida ao cimento ou convertida num tijolo de má qualidade ou vou me consumir num latido anêmico com a coluna dobrada sobre as minhas patas débeis. Havia seis mil e quinhentas bombas de fragmentação. Vai ser o que vai ser, diz Omar com a morte impressa num ponto febril de seu cérebro, vai acontecer o que vai acontecer, afirma Lucho num tom calmo, conciliando-se com o desastre. Fora da lan house as músicas de rádio tiveram que aumentar de volume em sinal de luto e protesto pela falta malévola de antenas. A ação policial ainda não se manifesta e sua violência se percebe como um sintoma difuso. Mas estamos preparados porque os delatores da polícia mantêm, apesar de tudo, uma solidariedade férrea com os líderes que esgrimem um poder psicológico sobre eles. Se não o fazem, são mortos. Eles os matam. Existe uma série de transações, mas Lucho, Omar e eu nos esmeramos em dissimular porque conhecemos os movimentos e as regras dos movimentos. Eu devo ao pau e ao creme para o mal-estar interno as feridas que eu tenho. Devo à simplicidade do pau mil pesos que marcam as meias horas da minha vida. Omar chupa-pica tem a esperança de que os preços subam e assim aliviem os movimentos de sucção de sua garganta. Está cansado das dores no pescoço pela obrigação de virar a cabeça. Lucho não diz nada, não tem maiores queixas porque seu único horizonte é o estado precário dos computadores. Só isso. Ele nos anima e nos traz remédios da feira. Vai à feira e passeia entre as bancas procurando medicamentos piratas que vêm dos laboratórios clandestinos ou provêm dos grandes laboratórios, que os vendem às quadrilhas para pronta comercialização. São eficazes, ele diz, baratos, seguros, precisos. Mas algumas vezes descompõem o nosso estômago porque são muito fortes, diz Lucho, são os mais fortes que eu encontrei. Omar olha para ele e põe os fones em sinal de repúdio. Vladi, com seu estúdio de gravação cada vez mais desconjuntado, enche a cabeça dele com fantasias musicais e lhe entrega as últimas novidades da música artesanal, a música que fortalece as convicções de Omar e o torna crédulo e lhe rende umas semanas a mais de vida. Não acreditamos em nenhuma atividade esportiva, elas enfurecem Omar a tal ponto que não nos permitimos escutar notícias nem festejos, e muito menos frequentar grupos submetidos às regras simples dos jogos porque, segundo Omar, os jogos de bola retardam os ouvidos e impedem a reprogramação do futuro. Havia duzentas mil munições de golpe de ar massivo MOAB. Ele não precisa nos convencer porque temos certeza de que ele tem razão. Mas as peladas são uma forma de distrair a polícia, sabemos. Os peladeiros montam um espetáculo falso para cativar os policiais civis, que apostam nos mais fortes. Os PMs tentam arranjar as peladas para ganhar dos civis. São viciosos, toda a polícia. Estamos na lan house e temos fome, os três. Temos fome e nostalgia, fome e medo, fome e temor diante da possibilidade de que o pouco que resta venha abaixo, mas ainda nos resta uma forma curiosa de ódio profundo, incisivo, sem o menor relance de remorso.

Mente para me consolar

Omar também trabalha como chupa-pica de alguns policiais. Militares ou civis. Não consegue recusar. Eles não pagam. Mas, imerso numa astúcia inútil, ele escuta, repete, informa. Eu o encontro na entrada da lan house. Agitado. Diz que não sabe como dar a notícia, diz que lhe dói na alma ter que me contar uma verdade insuportável, diz para eu me preparar, diz para eu tomar água ainda que depois acabe mijando na calcinha, diz que nunca teria pensado. Nunca teria pensado, diz. Diz que não se atreve a falar, diz que não tem muita importância, diz que são coisas que acontecem todos os dias, diz que parece inacreditável, diz que tem pena de me contar, diz que não tem a menor alternativa, diz que meu pai e a gorda da Pepa foram embora juntos dos blocos, que tinham um plano preparado, que era uma história antiga. Diz que meu pai sempre gostou da gorda, que o tempo todo andava com a gorda, desde que era pequena ele pôs as mãos em cima dela, diz, passou a mão nela, repete. Andava desde não sei quando com a gorda, desde sempre, diz. Havia dezoito mil armas de urânio empobrecido. Diz que não sabe aonde foram, que não estão presos, diz, isso não, que também não estão mortos. Diz que não foram mortos, que a gorda queria ir embora, disso ele não tem certeza, diz que vai confirmar, que pode confirmar, que vai averiguar tudo o que for necessário. E diz, enquanto olha para mim, mas você já sabia, já sabia. Dá raiva o tom de Omar, seu falso assombro. Porque já sabíamos Omar, Lucho e eu essa história do meu pai com a gorda da Pepa, todos os blocos fizeram eco até que se acostumaram. A família toda. Nós nos adaptamos a eles, à gorda e ao meu pai. Minha irmã ficou confusa, mas acabou entendendo. Era um acontecimento frequente, da vida mesmo, um pedaço de sentimentalismo que atravessava de ponta a ponta os blocos que se confundiam, e depois subia pelos postes de cimento procurando uma fenda para encher com um milímetro de satisfação. É normal, é comum, normal, disse minha mãe, cotidiano, disse. Havia quatro mil e duzentos caças bombardeiros Azarakhsh. Nós nos acomodamos. Meu pai era mentiroso, diferente, estranho. E justo agora, neste exato dia, no momento em que os blocos recebem sua conta mais desafortunada, Omar se precipita sobre mim para falar do que não temos que falar, ainda que eu entenda que o que ele pretende é revirar o desastre e criar uma história impossível que poderia nos reparar ou nos humilhar de outro jeito. Nos humilhar de um jeito-bloco, porque, quando a gorda cresceu, meu pai perdeu o interesse e a gorda o odiava. Eles se odiavam silenciosamente. Omar tenta gerar um novo horizonte que difira da morte e provoque um caos fundado na traição e no abandono. Quer ressuscitar o meu pai para evitar em mim o pesadelo do quarto andar provocado pelo enfurecimento contra nós. Quer ressuscitá-lo, sim, para investir em nós uma dor que poderia ser insignificante para a família. A gorda e meu pai, que dupla. Poderia parecer incompreensível, mas não é.

Havia mil e quinhentos bombardeiros TU-160. Tudo tem um ponto de apoio nas nossas vidas que transcorrem entre o cimento e as escadas, vidas de famílias de trinta metros que buscam incessantemente a expansão. Omar fala na minha frente de modo inverossímil, titubeante, repetitivo. Já está bom, chega, cala a boca, digo. Lucho levanta a grade metálica da lan house. As palavras estúpidas de Omar ficam dando voltas na minha cabeça. Preciso comer um sanduíche ou voltar ao apartamento para comprovar que elas não foram embora, que continuam ali, que ainda não estão mortas, que não levaram a minha mãe presa e nem a minha irmã está curvada dentro da viatura, ou que minha mãe não teve um ataque de pânico, esses ataques que cortam a respiração dela e a deixam feia, horrível, tentando respirar. Tenho as imagens no meu celular. Quero voltar ao apartamento para examinar umas fotos que consegui imprimir e ratificar a nossa existência agora que os policiais militares e civis voam como moscas ou como abelhas ou como morcegos ou como sombras pelo meu cérebro. Quero voltar a subir as escadas correndo, com os ouvidos zumbindo e introduzindo ruídos intoleráveis no meu cérebro, subir as escadas meio surda para ver as duas, para me apoderar delas e engoli-las para que não as tirem de mim. Entrar no apartamento com a língua de fora porque estou gorda e não consigo correr cimento acima com tanta velocidade, entrar com sede e me precipitar em cima do vinho que agora é da minha mãe e da minha irmã, não meu, ainda não, não é meu o vinho porque não tenho dinheiro suficiente, mas chupo o gargalo da garrafa igual a Omar chupa-pica e me dói alguma coisa no começo da garganta e é um espanto chupar tanto para tirar algumas gotas que não compensam o esforço. Omar me assustou. Talvez ele tenha matado a minha irmã depois de uma briga intensa ou desorbitada ou incontrolável. Matou a minha irmã porque já não tem nada a perder agora que as nossas fichas parecem não ter fim e se enchem de anotações falsas porque Omar e eu somos lan house e não rua, não. Rua não. Havia cinquenta mil sistemas de defesa antiaérea Tor M-1. Odiamos as calçadas e os becos. Só quando alguém o incomoda musicalmente, quando um grupo fere o gosto dele, quando lhe deixam mensagens anônimas iradas e ofensivas no apartamento de Vladi, Omar ataca e perde a mão, deixando correr fios de sangue musical. Minha irmã odeia Omar, sempre o odiou porque ele vive em outro mundo, ela diz. Como você não percebe que Omar vive em outro mundo, até quando você vai para todo lado com ele, como você não percebe. E Omar nos disse que, antes de ir embora da pouca vida que lhe resta, iam lhe pagar todas as ofensas. Quer ir embora ou quer ser morto por seus inimigos ou pela polícia porque está cansado de nós e de si mesmo, de seu rosto repetido, e às vezes fica perplexo e isso estraga o humor dele e o impede de pensar em sua predileção por alguns sites inesperados que ele encontra movendo o mouse e que ele não quer compartilhar com ninguém. Omar está cansado de Lucho, está cansado de mim e tem um ressentimento que ainda o fará famoso, isso eu sei, um ressentimento especial e moderno que o levará a um estado de violência que não será a mais conhecida, e por isso me dá medo que ele fale do meu pai, porque ele poderia fazer alguma coisa contra minha irmã e minha mãe antes que ela sofra do ataque de pânico que me aterroriza e me põe fora de mim. Eu tenho que estar com elas agora mesmo, vou deixar Omar falando sozinho suas sandices de sempre porque se desencadeou em mim o medo que tanto conheço, o medo que me aprisiona como uma capa de plástico e que me impede de me mover com fluidez porque sou um mero pacote envolto no medo, o medo que provoca em mim o quarto andar que mantém a família oscilando numa altura perigosa, uma altura funerária, uma altura que a polícia vigia e ataca e mantém a minha irmã doente de seus nervos magros, delicados, tão sutis seus nervos que ela precisa dos remédios que vendem na feira, muitos comprimidos, todos brancos. Mas ela os compartilha por um preço razoável de revenda. Havia nove mil e vinte bombas de ácido cianídrico. Aqui estão seus comprimidos, ela me diz uma vez por semana. E eu tomo e passo alguns a Omar e outros tantos a Lucho para que ele os venda na lan house, mesmo com a cabeça ainda instável pelos pontos estranhos nela costurados. A morte do meu pai ia acontecer, era inevitável. A gorda depois da queda dos celulares tinha que ir trabalhar no centro. Mas, caso se soltem os pontos que firmam a cabeça de Lucho, acaba para sempre o bloco-lan house, que ainda nos mantém um pouquinho saudáveis.

Havia dois milhões de canhões de artilharia morteiro autopropulsados de 55 toneladas, 155 mm.

Ficaremos dentro

Os blocos estão cercados pela polícia. As crianças e os cachorros vagam como manadas indiferentes aos detalhes do assédio. Os latidos e os gritos das crianças retumbam nos meus ouvidos no meio deste súbito calor sufocante. Minha mãe e minha irmã saíram à rua para tomar água da mangueira. Saíram contentes com a água, mas, ao mesmo tempo, estupefatas com os limites que temos que respeitar. Mas contentes. Sim. Unidas. Vão embora dos blocos a qualquer momento, isso eu sei, tentaram que eu as acompanhasse ao próximo destino, o centro, para nos enclaustrarmos naqueles quartos velhos, mas não irei, jamais. Aproxima-se para mim a hora mais crítica, a mais prolongada de todas, uma hora sem tempo. Elas já abandonaram a esperança e suspenderam a espera. Os meninos não vão voltar nunca, disse minha mãe na noite passada com estranha serenidade. Nunca, disse minha irmã, porque eles foram roubados de mim, sim, meus filhos. Havia três milhões de rifles de franco-atirador M107. Eu teria gostado de tirar uma foto das duas com meu celular para conservar seus rostos e guardar suas expressões, ainda que não estivessem abatidas e sim de certo modo aliviadas por deixar para trás uns anos estéreis de blocos familiares que só geraram um montão de perdas. Eu vou ficar no apartamento esperando as ordens finais que a polícia receberá, ordens que não se sabe quando serão implementadas. Vou permanecer medindo o tempo com Omar e Lucho, fiel a uma lan house que a cada dia lança seus ridículos estertores nas imagens difusas que os computadores projetam agora. Vamos ficar os três e passar juntos não sei quantos aniversários. Haverá ou não outro ano para nós. Sei que minha mãe e minha irmã têm horas ou dias para abandonar os blocos, depois tudo vai se tornar impossível. Eu tenho que deixá-las ir, me desapegar de suas presenças e esperar diligentemente a Civil e a PM, e em qualquer momento vão chegar os militares, milicos em tanques gigantescos para disparar contra os blocos numa ocupação multitudinária que vai nos impor leis grotescas. Havia dez milhões de bombas termobáricas. Se os militares chegarem, Omar não vai sobreviver, vai ser morto porque vai se rebelar e vai se imolar com os fones enterrados nos ouvidos para não escutar o impacto das munições que o abaterão. Nós vamos velá-lo e enterrá-lo ao ritmo de sua música, e eu vou deixar em cima do caixão o caderno com as letras de suas canções que não conseguiram se encaixar no nosso tempo. Mas não. Omar continua vivo, eu sei, porque os policiais civis e militares não vão se permitir um fracasso de tal envergadura e vão conseguir se impor de qualquer forma. Os subornos aumentarão e o bloco, como sempre, vai pagar depois de uma surra consistente, apartamento por apartamento, andar por andar. Os blocos vão entregar as substâncias, as poucas que restam, e os líderes vão se reunir para criar novas estratégias. Dizem que nas cadeias eles se amotinam. Havia dez mil Redback teledirigidas.

Mas aqui não é necessário, não é necessário. Bastam as imitações de edifícios que temos porque cabemos centenas e milhares nos trinta metros quadrados que existem por trás dos corredores gradeados. Corredores-prisões em que jamais nos amotinaremos. E o que está acontecendo com você que está tão pálida, tão contorcida, entra no seu cubículo, você não vê que estamos atrasados, diz Lucho. Está preocupado, eu sei, pelo ambiente que já não é propício aos computadores nem para imprimir documentos que não servem para mais nada. Estão tão embaçadas as telas que Lucho teve que baixar os preços e isso nos rebaixou em todos os sentidos. Eu também cobro menos, uma soma irrisória que me desanima demais. O que vou fazer sem família, me pergunto. Vou morrer sozinha. Vou cair numa vala comum ou alguém doará meus ossos para um experimento. Vi isso num site. Ou vai vender meus ossos como se fossem restos chineses comercializados pela internet. Vou virar um enfeite de mesa numa casa australiana. Assim será. Isso Omar me disse enquanto olhávamos fascinados o site de tráfico de ossos e sua conversão em objetos ultradecorativos. Havia três mil dispositivos de longo alcance LRAD. Pareciam bem os ossos, Omar riu com Lucho, e disse que era melhor vendê-los em vida, por um preço melhor, disseram os dois. Vou ficar sozinha no apartamento e já virão outros medos. Mas elas têm que ir para o centro, é mais seguro, mas nada garantido porque minha irmã está obstinada em se refazer e já é tarde demais para ela. Ou elas não vão porque não saberiam como organizar suas vidas no quarto nem como caminhar pelas ruas. Não vão embora, vão perambular pelos blocos sob o olhar e o controle dos policiais civis, passando ao lado dos tanques e reconhecendo prolixamente os PMs infiltrados. O manco Pancho é um infiltrado da PM, sabemos, tão infiltrado que está confuso e já não consegue distinguir a si mesmo e se mimetizou com os sanduíches e sua terrível grelha portátil.

Limpa a grelha com dedicação de carabineiro infiltrado, e se apaga por sua escassa clientela. Cedo ou tarde vão matá-lo, a ordem foi dada, e Lucho está aterrorizado de se converter em testemunha e por isso se priva dos melhores sanduíches dos blocos. Eu continuo fielmente nos meus sanduíches e não levo muito a sério a infiltração porque nós os detectamos com nosso olfato agudo de cachorros, e os líderes confirmam e freiam por um tempo os seus impulsos até que os subornos restabeleçam o equilíbrio. Precisamos das antenas para os celulares, não consigo dormir sem o meu celular, não consigo pensar e não sei como resistimos nessa marginalização. Mas amanhã vão erguer as antenas, isso dizem os policiais civis e militares que também não suportam a vida sem celular. Cometeram um erro e na próxima madrugada vamos escutar os sons que distraem e abrem um horizonte de esperança, não um horizonte, não, uma pequena fenda de esperança na solidez dos blocos, na verticalidade do quarto andar, na resistência das escadas. Não sei como definir o que vejo. Não há lugar que me convença totalmente ou me seduza totalmente a ponto de eu me entregar à contemplação. A moda não avança, e sim volta aos mesmos giros de sempre. Os italianos ficam para trás e pareceria que os japoneses não têm mais nada a oferecer. Os vestidos de noiva das últimas coleções são suntuosos e escurecidos porque elas não podem sair de branco e isso cansa. Cansa. Os sites mais profundos dos computadores dão sinais de um porvir que Omar quer relevar. São impactantes e eu já não me atrevo a apontá-los com meu intransigente dedo indicador. Vale mais o silêncio. Uma parte de mim já se coisificou. Havia cinco mil bombas de fragmentação. Não posso me sentar confortavelmente porque o pau fez estragos significativos no meu interior e não há creme que suavize o dano. Mas a família que me resta precisa de mim. E os meninos ainda não param de chorar, os filhos da minha irmã. Os policiais militares e civis vêm com tudo. É parte da nossa vida. Um avião comercial cruza o céu. O Deus de mentira nos deu as costas e subiu no avião sem dizer uma só palavra sobre a ressurreição e a vida eterna para os corpos-bloco. Mas entendo com um otimismo demente que temos outra chance.

Jogo de futuro

Havia duzentas mil armas de sensores fusionados CBU-97. Estamos entrincheirados na lan house. Já nos digitalizamos. Navegamos pelo cubículo para experimentar o primeiro videogame chileno. Um jogo veloz de defesa projetado por Lucho, musicado por Omar e aperfeiçoado por mim. Movemos o mouse com maestria. Começa o jogo. E então aparecemos na tela com o título que desenhamos: "PMs Malditos".

Havia quatro bilhões de projéteis de artilharia teledirigidos de longo alcance XM82 Excalibur.

SOBRE A AUTORA

Diamela Eltit nasceu em Santiago do Chile em 1949. Sob, e contra, a ditadura do general Pinochet, fez parte do prestigioso coletivo artístico CADA. Desde os anos de 1980, tem ocupado um lugar central na narrativa chilena e hispano-americana contemporâneas. A força e a complexidade de sua proposta literária, a solidez e a coerência de sua construção narrativa e a perfeição de sua prosa converteram seus livros em paradigmas que forneceram à crítica muito material para discussão. *Jamais o fogo nunca*, publicado pela Relicário em 2017, na ocasião da vinda da autora à FLIP, foi considerado pelo jornal *El País*, em 2016, um dos 25 melhores romances em espanhol dos últimos 25 anos.

Dentre outros romances, Diamela Eltit é autora de *Lumpérica, Por la Patria, El cuarto mundo, Vaca sagrada, Los vigilantes, Los trabajadores de la muerte, Mano de obra* e *Puño y letra*. Alguns deles foram traduzidos ao francês, inglês e finlandês.

Formada em Letras, foi professora visitante nas universidades de Columbia, Berkeley, Stanford, Washington, John's Hopkins e Nova York.

Nos últimos anos, Diamela Eltit recebeu prêmios importantes pelo conjunto de sua obra: o Prêmio Nacional de Literatura do Chile, em 2018, e o Prêmio Internacional Carlos Fuentes, em abril de 2021.

CIP –Brasil Catalogação-na-Fonte | Sindicato Nacional dos Editores de Livro, RJ

E51f

Eltit, Diamela

Forças especiais / Diamela Eltit ; traduzido por Julián Fuks. - Belo Horizonte: Relicário, 2021.

156 p. ; 14cm x 21cm.
Tradução de: Fuerzas especiales.
ISBN: 978-65-86279-30-6

1. Literatura chilena. 2. Romance. 3. Diamela Eltit. I. Fuks, Julián. II. Título.

2021-1561

CDD 868.9933
2021-1561 CDU 821.134.2(83)-31

COORDENAÇÃO EDITORIAL Maíra Nassif Passos
ASSISTENTE EDITORIAL Márcia Romano
CAPA, PROJETO GRÁFICO & DIAGRAMAÇÃO Ana C. Bahia
TRADUÇÃO Julián Fuks
REVISÃO Maria Fernanda Moreira

Obra editada no âmbito do Programa de Apoio à Tradução, da Divisão de Assuntos Culturais (DIRAC) do Ministério das Relações Exteriores do Chile.

Obra editada en el marco del Programa de Apoyo a la Traducción de la Dirección de Asuntos Culturales (DIRAC) del Ministerio de Relaciones Exteriores de Chile.

Rua Machado, 155, casa 2, Colégio Batista | Belo Horizonte, MG, 31110-080
contato@relicarioedicoes.com | www.relicarioedicoes.com
@relicarioedicoes /relicario.edicoes

1ª edição [2021]

Esta obra foi composta em Utopia e Din sobre papel
Pólen Bold 90 g/m² para a Relicário Edições.